# Manuchehr Irani
# Der König
# der Schwarzgewandeten

*Erzählung*

Aus dem Persischen von
Zana Nimadi

Suhrkamp

Titel der 1990 erschienenen Originalausgabe:
Shāh-i Siyāh Pushān

edition suhrkamp 2066
Erste Auflage 1998
© Suhrkamp Verlag Frankfurt am Main 1998
Erstausgabe
Alle Rechte vorbehalten, insbesondere das
der Übersetzung, des öffentlichen Vortrags
sowie der Übertragung durch Rundfunk und Fernsehen,
auch einzelner Teile.
Druck: Nomos Verlagsgesellschaft, Baden-Baden
Umschlag gestaltet nach einem Konzept
von Willy Fleckhaus: Rolf Staudt
Printed in Germany

1 2 3 4 5 6 – 03 02 01 00 99 98

# Der König der
# Schwarzgewandeten

Schon wieder sah er, als er an diesem Morgen die Augen aufschlug, wie Farkhondehs Mutter ihn musterte, nicht direkt oder etwa verstohlen wie die Lebenden, sondern aus den Tiefen der zwei starren Augen, die von ihr in dem Bild übriggeblieben waren, in jenem verwaschenen Grau einer oft reproduzierten Schwarzweißfotografie. Ihre Haare waren zerzaust, und sie musterte ihn. Sie hatte gesagt: »Was soll das alles bedeuten?«

Neben dem Bett, vielleicht auf der Frisierkommode stehend, ungerahmt zwischen zwei silbernen Klemmzapfen mit einer leichten hölzernen Stütze, als ob sie gelegentlich zitterte.

Das war vor vielen Jahren geschehen, als Farkhonndeh vielleicht gerade fünf war, und nun sind es an die fünfzehn oder sechzehn Jahre, daß sie hier auf ihrer Frisierkommode steht. Als Großvater starb, steckte sie sein Bild in die untere Ecke des Spiegels. Als dann auch der Bruder verschwand (man sagte, er sei vielleicht Kriegsgefangener, obwohl es seit fast einem Jahr keine Nachricht mehr von ihm gab), kam sein Bild zu den beiden anderen hinzu. Links oben in der Ecke des Spiegels steckte es.

Das Gute an Großvaters Bild war, daß es ihn nicht musterte, obwohl man auf dem Bild seine Augen sah. Als Großvater starb, war er schon blind, mit einer dunklen Brille. Seine Augen oder das, was im Bild von ihnen übriggeblieben war, sagten gar nichts. Er kehrte den Bildern den Rücken und sagte: »Was für einen Friedhof sie errichtet hat.«

Er rollte sich herum. Vielleicht war es wegen der *Hedjleh*[1], die er gestern nachmittag an der Straßenecke gesehen hatte. Ein Märtyrersoldat oder -revolutionsgardist. Die Namen konnte er sich nicht mehr merken. Sie dürfte immer noch dastehen. Ein kleiner Junge mit Teller in der Hand verteilte Datteln als milde Gabe. Rund um die festlich beleuchtete *Hedjleh* hingen die Bilder des Märtyrers. Jung, lächelnd, bartlos. Vielleicht war er so jung, daß er gerade erst einen Bartflaum auf den Wangen trug. Er mußte sich rasiert haben, damit zumindest der Schatten eines Bartes sichtbar wurde. Das war's dann. Und zwei andere Jünglinge, ganz in Schwarz, hatten auf der Schwelle des geschlossen Ladens gesessen. Sie unterhielten sich. So ist es nun mal. Ein Jüngling, mit Bartflaum und schwarz gekleidet, betrachtete ihn.

Als das Telefon läutete, antwortete er nicht. Aber er erinnerte sich. Wie hatte er es nur vergessen können? Ging das immer so vor sich, erst die Nachricht am Telefon und dann vielleicht ein Beileidsbesuch oder sogar ein Gang zum Grab und damit Schluß? Er hatte Amir Khan drei-, höchstens viermal gesehen. Der war vermutlich sechzig und mehr Jahre alt. Angenommen, daß um 1939

sein politischer Kampf begonnen hatte, dann müßte es sein erstes Jahr auf der Universität gewesen
sein. Und nun hatte er einen Infarkt gehabt. Sie
hatten es am Telefon gesagt, bevor er zu seinem
Geheimort gehen konnte. Es war Paris Ehemann.
Er hatte geantwortet: »Selbstverständlich, es ist
unsere Pflicht.«

Und dann, als er aufgelegt hatte, dachte er, dieser Tage sterben sogar die Jungen am Infarkt. Bei
diesem war es ein Schlaganfall. Amir Khan hatte
immer gesagt: »Mir reicht's.«

Vielleicht sagte er auch aus diesem Grund nichts
mehr. Wie sehr hatte er sich bemüht, ihn zum Reden zu bringen, das war kein Spaß. Schon seit 1939
oder zumindest 1941 war er politisch aktiv und
weiter bis 1946, bis zur Azerbaidjan-Krise. 1948
wird die Partei für illegal erklärt, und dann kommt
der 19. August 1953, an dem er in den Untergrund
geht, für zwei Jahre und einen Monat, bis er sich
schließlich stellt.[2] Das bedeutete ein paar Jahre
Garnisonsgefängnis und danach noch Ghezel
Ghal'eh.[3] Ghezel Ghal'eh haben sie inzwischen
abgerissen, als ob es nie existiert oder als ob der alte
Mann überhaupt nicht im Gefängnis gesessen hätte. Anstelle der Gefängniszellen stehen dort jetzt
Obst- und Gemüsestände.

Paris Ehemann hatte gesagt: »Er war am ganzen
Körper gelähmt.« Aber er hatte noch Verstand genug zu sagen: »Kind, ich will nicht mehr.«

Woher sollte er sich ein schwarzes Hemd besorgen? Es war nötig. Wie lange wollte er sich noch davor drücken? Man bräuchte auch einen schwarzen Anzug, von Kopf bis Fuß in Schwarz.

Wieder das Telefon, eine falsche Nummer. Oder ist es derselbe, der stets schweigt, von dem nur das seufzende Ein- und Ausatmen zu hören ist. Seine Töchter waren ausgegangen, seine Frau ebenfalls. Die Tagesaufgaben hatte sie ihm aufgeschrieben an einen Haken gehängt: »Kauf Obst. Zwei Kilo Steckrüben. Curcuma ist alle. Wenn du Zeit hast, kauf auch Brot. Joghurt, wenn du welchen kriegst. Das Essen steht im Kühlschrank.« Sie unterschreibt sogar.

Und nachmittags muß er zur Trauerfeier für den alten Mann. Es mußte der dritte Trauertag sein. Er pflegte zu sagen: »Diesmal bin ich nicht mehr drauf reingefallen. Ich kannte sie alle miteinander.« Er meinte die Zeit nach 1978.[4] Es klang, als hätte er sie selber großgezogen. Seine Kinder hatten sich inzwischen selbständig gemacht. Gelegentlich las er auch etwas, und alle paar Monate ging er eines besuchen. In Schiras war es mit ihm zu Ende gegangen. Paris Ehemann gab es telefonisch durch.

Es klopfte. Der Strom war doch da, er prüfte den Lichtschalter. Bestimmt war es ein Bettler, es waren ja so viele geworden. Er goß sich Tee ein. Wieder das Klopfen an der Tür, außerdem klingelte es. Ganz offensichtlich ein Bettler. Er süßte seinen Tee. Er aß nur ein, zwei Bissen und rauchte dann eine Zigarette. Das war das mindeste, um sich auf den Beginn der Arbeit vorzubereiten. Es klopfte nicht mehr. Der alte Mann hatte zu Pari gesagt: »Ich will nicht wie eine Leiche irgendwo herumliegen.« Vielleicht hatte er genau das gemeint, was ihm widerfahren war, vom Hals abwärts gelähmt. Zu seiner Nichte hatte er gesagt: »Macht endlich Schluß!«

Pari ist jetzt bestimmt vom Scheitel bis zur Sohle in Schwarz gekleidet. Mit einem Schleier sehen sie hübscher aus. Üblicherweise geben sie einem auch Tabletten, vielleicht sogar alle paar Stunden eine starke Beruhigungsspritze. Also hatte Schiras auch so einen Ort wie Behescht-e Zahra, mit diesen endlosen Reihen gleichförmiger Steinplatten.[5] Immerhin war es neuerdings erlaubt, einen Sockel mit Bild draufzustellen. Vielleicht war es auch so wie vorher besser, ohne alles, Reihe für Reihe, so weit das Auge reichte, säuberlich gestaffelt bis dorthin, wo die Mauer stand oder die Wüste wartete. Die *Hedjleh* stand nur ein paar Tage lang an der Straße, danach blieb nur noch dieser Stein. Die Fotografie war schwarzweiß, aber seine Augen schienen von anderer Farbe. Er trug ein Lächeln, etwas zwischen Scham und Furcht vor dem Fotografen oder davor, daß das Bild nicht geraten könnte. Würden sie also danach wie Farkhondeh das Bild irgendwo an die Frisierkommode stecken? Vielleicht hängten sie es auch eingerahmt an die Wand. Nichts zu machen. Er mußte ein schwarzes Hemd kaufen. Wieder läutete das Telefon, und wieder war es derselbe. Oder vielleicht ein anderer, dessen Bild für eine andere *Hedjleh* bestimmt war? Bis zum Mittag hob er ja nicht ab. Das war so seine Regel.

Als er seine Zigarette anzündete, hörte er wieder das Klopfen an der Tür. Sie hämmerten mit den Fäusten. Sollten sie doch hämmern! Die Bekannten wußten es und die meisten Freunde. Und die Mädchen hatten Schlüssel, ebenso Farkhondeh. Nur diese paar Stunden gehörten ihm. Es war ihre heimliche Abmachung. Sie konnten es nicht sein.

Wieder waren die Seiten weiß, sogar in seinen Träumen. Manchmal blieben sie, selbst wenn er sie vollkritzelte, leer. Dann fing sein Handgelenk an zu schmerzen, aber kein einziges Wort, nicht einmal ein Punkt prägte sich ein in dieses endlose Weiß. Damals, jene Tage… Was war eigentlich aus ihnen geworden? Er schrieb auf alles, was ihm zwischen die Finger kam. Und nicht nur Augenblicke, sondern Stunden und ganze Tage klebte er mit diesen Fetzen, Zeitungsausrissen, Rückseiten von Zigarettenschachteln und Rändern eines ausgelesenen Buches zusammen, als liefe er einem Drachen, fortgeweht in das ferne Blau, hinterher, dessen Schweif sich auf die Bäume und Minarette hinabschlängelte. Und manchmal reichte er sogar bis auf die Gehsteige, in eine Wasserpfütze hinein, die er beim Schreiben nicht gesehen und in die er knöcheltief den Fuß gesetzt hatte. Selbst dann bemerkte er sie nicht. Wenn er das Café erreichte, merkte er es an den nassen Strümpfen und dem

Wasser in seinen Schuhen, und das auch erst, wenn er das Blatt doppelt gefaltet in seine Tasche gestopft hatte. Auf diese Weise vermutlich war alles vorübergegangen, so daß er plötzlich hier angekommen war, bei diesen wenigen Stunden, diesem Vakuum und dieser vormittäglichen Stille, während die Töchter in der Schule waren, und er, wenn man von zwei oder drei Besorgungen absah, allein zurückblieb mit diesem, diesen Seiten hier. Woher waren sie gekommen, die Worte? Inzwischen wußte er, daß es nur ein Überschäumen gewesen war. Und doch, wie wunderbar waren jene Tage, nicht wie jetzt, wo er bei jedem einzelnen Wort Skrupel verspürte und die Leute jenseits dieser drei, vier Stunden alle paar Jahre oder Monate ein Gedicht von ihm lasen und sicherlich dachten: »Nun gut, zumindest gibt es ihn noch.« Manche konnte man ja auch nicht veröffentlichen. Aber sie hatten sie im Ausland gedruckt, eine Auswahl der Werke dieser Jahre. Noch letztes Jahr hatte er zu ihnen gesagt: Nennt sie *Das verfluchte Jahrzehnt*. Und jetzt hatten vielleicht die, die geflohen waren, um die Bilder ihrer Söhne nicht rund um eine dieser *Hedjlehs* zu hängen, sein Buch, das er selbst gar nicht gesehen hatte, sicherlich ungelesen in ihr Bücherregal gestellt. Aber selbst dann, wozu war das nütze? Diese Worte waren doch kein Trost mehr für ihn. Er hatte sie nur rhythmisiert, in Zeilen angeordnet und gelegentlich auch, mit einer schönen Metapher etwa, ausgeschmückt. Nein, diese fünf verkrallten Finger einer haarigen Pranke, die sich in seine Gurgel gegraben hatten, gaben ihn nicht so einfach frei. Auch sie konnten, wie alle anderen, diese langen Menschenschlangen sehen, die Abend für Abend, rennend und sich auf die Brust schlagend, mit grünen und roten Fahnen in der Hand und selbstverständlich einem roten Band um die Stirn davoneilten, um später als Fotografien an jeder Straßenecke wiederzukehren. Er sah wirklich gut aus, mit einem Grübchen am Kinn. Er betrachtete ihn. Manchmal strichen sie die Häuser der Trauerfamilie rundum an und schrieben ihre Parolen drauf. Sogar Lichterketten hängten sie auf.

Amir Khan sagte immer: »Es hat mir das Herz gebrochen, glaub mir. Er war mein ältester Enkel. Sie teilten uns nur die Nachricht mit, nichts weiter. Dann plötzlich stürzte eine Gruppe von Frauen, ohne richtig an die Tür zu klopfen, herein. Sie fingen an zu wehklagen. Sie schlugen sich sogar. Uns, die wir immerhin die Trauernden waren, ließen sie überhaupt nichts tun. Eine ging in die Küche und kümmerte sich um Tee und Wasserpfeife und den ganzen verdammten Kram. Eine andere trug Märtyrergesänge für die Frauen vor. Zwei von ihnen setzten sich rechts und links von Ashkans Mutter, einfach so. Schließlich kamen noch einige Männer auf Motorrädern, die Parkas trugen, wahrscheinlich, um auf mich aufzupassen. Sie versuchten, mich zu trösten. Drei Tage lang blieben sie. Länger hielt ich's nicht aus und verschwand aus dem

Haus.«

Tee, Zucker und sogar Fleisch und Gemüse bekommen sie von der Moschee. Die Truppe der Trauernden, in Schwarz gekleidet, übernimmt das Kochen und Bedienen der Gäste. Sie weinen sogar, allerdings nur bei den Märtyrerliedern für Qasem oder 'Ali Akbar Hossein.[6] Die Familie des Märtyrers darf nur bei dieser Gelegenheit weinen. Er mußte ein schwarzes Hemd kaufen. So ging es doch nicht weiter. Nun war auch noch Amir Khan fortgegangen. Er hatte gesagt: »Ich habe ein Testament gemacht, alle wissen es. Falls ich einen Anfall haben sollte, will ich nicht, daß ich wie eine Leiche irgendwo auf dem Boden oder auf einem Krankenhausbett herumliegen bleibe.«

Nach der Sache mit Ashkan machte er sein Testament. Er brachte es und zeigte es ihm. Nein, wahrscheinlich hatte er es geschrieben, nachdem Hadjiyeh Khanom, seine Frau, aus Kummer über Ashkans Tod gestorben war. Den Titel »Das verfluchte Jahrzehnt« hatte er aus seinem Testament übernommen, vielleicht auch aus einem Gespräch. Er pflegte zu sagen: »Ich weiß, daß ich in diesem verfluchten Jahrzehnt abtreten muß. Je früher, desto besser.«

Und das sagte er, der soviel gesehen und durchgemacht hatte. Sie waren nicht lustig gewesen, die Zeiten von 1941 bis heute.

Er hatte gesagt: »Glaub mir, damals, 1953, waren mindestens hunderttausend Leute zu den Demonstrationen zum 1. Mai gekommen. Das war nicht wenig. Was glaubst du, wie viele Einwohner Teheran hatte? Nicht einmal eine Million. Nein, bestimmt nicht. Und dann, am 19. August, als Typen wie Scha'ban der Hirnlose die Straßen füllten, zeigte sich kein einziger mehr von ihnen. Nun gut, wir hatten unsere Befehle. Überleg mal, wie lange, meinst du, hat man Vartan Adami gefoltert, ein einfaches Parteimitglied?[7] Als sie ihn in der Wüste am Stadtrand fanden, war er am ganzen Körper verstümmelt. Von lauter Zigarettenabdrücken war seine Haut fleckig geworden. Dann ... Ach, lassen wir das. Ich will nichts mehr davon wissen.«

Er trug ein schwarzes Hemd. Um weniger zu rauchen, benutzte er einen Zigarettenroller. Jeden Morgen drehte er sie sich. Hätte er ihn doch nur gefragt, wann er begonnen hatte, ein schwarzes Hemd zu tragen. Nun tragen Pari und ihr Ehemann und alle Söhne Amir Khans Schwarz. Er würde sich eines kaufen, ganz gewiß.

Über den Tod wollte er nicht schreiben oder über die *Hedjlehs* oder gar über den Friedhof der Gottlosen an der Khorasan-Straße, wo es einem nicht einmal erlaubt war, Grabplatten anzubringen. Gelegentlich ebneten sie die Gräber sogar mit einem Bulldozer ein. In den vergangenen Tagen hatte er ununterbrochen an den kleinen Gipsengel in dem kleinen Teich im Garten denken müssen, der mit beiden Händen einen Schwan hochhielt. Weiß war er, und aus dem geöffneten Schnabel des

Schwans sprudelte Wasser und benetzte den Engel ebenso wie den Schwan. Einer seiner Flügel hatte einen Riß. Falls er über ihn schreiben sollte, würde er ihm einen Flügel abbrechen, obwohl er das in Wirklichkeit nicht zugelassen hatte. Im Januar dieses Jahres hatte er ihn sogar in einen Sack eingewickelt, dann mit einer Plastikplane überzogen und mit dem Seil am gezackten Beckenrand fest angebunden. Kurz vor dem Neujahrsfest im März wickelte er ihn aus und wusch ihn rein. Das Standbein setzte immer Algen an, sicher von dem Wasser, das durchsickerte und sich am Beckenboden sammelte. Das freischwebende Bein jedoch blieb weiterhin weiß, allerdings nicht weiß genug, um keine Wäsche nötig zu haben. Er wusch ihn, wie er seine Töchter in ihrer Kindheit gebadet hatte, mit Waschlappen und Seife. Von den Zehen bis zu den Oberschenkeln, den schmalen Hüften und dem kleinen vorgewölbten Bäuchlein, weiß wie das der Kinder. Er hatte sogar einen Nabel und zwei kleine runde weiße Brüste. Seine Töchter würden bestimmt wieder lachen. Diesmal konnte er einen seiner Vormittage darauf verwenden, genau in zwei Monaten und ein paar Tagen. Wenn sie zurückkehrten, würden sie dann sehen, wie er weiß und rein auf einem Fuß stand, vom kurzen Gipsschopf oder von den Rundungen der Ellbogen tropfend. Sobald Zohreh in die Hände klatschte, drehte er den Springbrunnen auf.

Warum konnte er nicht darüber schreiben? Waren denn nicht genau dies seine kleinen Freuden? Wenn er für sich selber schreiben würde, dann über diese Dinge, nicht all das, was er für die ins Ausland Geflohenen verfaßt hatte oder jene Dagebliebenen, denen es nur auf die verschlüsselten Hinweise ankam. Als ob sie sich Salz in ihre Wunden streuen und sich dauernd selbst bejammern und beklagen wollten.

Für Amir Khan bestand das verfluchte Jahrzehnt aus diesen achtziger Jahren, und es hatte mit dem Tod seines Ashkan oder seiner Frau begonnen. Und für ihn? In welchem Jahr hatte seines begonnen? Ehe du dich versiehst, bleibt das Herz stehen oder eine Ader platzte irgendwo im Kopf. Das erste, was Amir Khan gesagt hatte, war: »Kind, mein Kopf.« Seine Schwiegertochter hatte ihn gehört. Er hatte sich an die Schläfen gefaßt, bleich und mit geweiteten Augen. Und das war's dann. Irgendwo in seinem Schädel hatte es ein Äderchen nicht mehr ausgehalten. Die ganze Zeit über hatte er denken müssen: »Warum nicht ich?«

Er sagte auf jeder Trauerfeier, zu der er ging, es bereite ihm keine Umstände. Er zog nur ein Jackett über, warf sich in den Mantel und machte sich auf den Weg.

Sein Jahrzehnt bestand vielleicht genau aus diesen Jahren. Dieses Mal läutete jemand, der gar nicht aufhören wollte. Er sah ihn an, er war noch immer weiß, ein Stapel weißer Blätter.

Laß sie läuten.

Der Granatapfelbaum war auch da, sein Trost im späten April, der bis zum Herbst oder manchmal sogar bis zum Winteranfang anhielt, besonders, wenn er blühte, als ob sie auf einem grünen Berg hier und da Freudenfeuer entfacht hätten und man von ferne glauben könnte, rund um jeden dieser roten Punkte säßen Leute, so wie sie in jenen Tagen in lauter Grüppchen in den Bergen gesessen hatten, rund um die Feuer, und – nur sie – mit Augen, die vor Rauch und dem vielen Blasen ins Feuer brannten, und belegter Stimme »Küß mich« gesungen hatten.[8] Zwei von ihnen waren mit der Familie geflohen, und einer war auf seine alten Tage hiergeblieben. Seine alte Syphilis war wieder ausgebrochen, wie Naderi zu sagen pflegte.

Nein, so ging es nicht weiter, so wie alle Dinge ihn zugleich anfielen. Wieviel Platz gab es denn auf einem Blatt oder auch mehreren? Er mußte an einem Ort verharren, wie jemand, den sie in eine Zelle nur mit einem Luftloch steckten. Dann konnte man die ganze Welt durch diese eine Öffnung sehen oder vielleicht durch dieses verdrahtete oder vergitterte Fenster.

Er stand auf, man konnte auch unterwegs darüber nachdenken. Er zog nur seinen Mantel über. Mit den Latschen an den Füßen und der Einkaufstasche in der Hand nahm er den Notizzettel seiner Frau vom Haken über dem Reiskocher. Unterwegs las er ihn und kaufte ein.

Der Lebensmittelladen war leer. Die *Hedjleh*

stand an der Straße, samt vier oder fünf der Schwarzgewandeten. Von den Dattelspenden keine Spur. Er blieb stehen und betrachtete das Bild. Wie leicht sie davongingen, sogar über die minengespickte Erde, frei von Verpflichtungen, als würden sie fliegen. Es waren die Wurzeln in ihm, die sich so tief in diese Erde gegraben hatten, bis nach Tuss oder vielleicht sogar bis zur *Schatzkammer* von Nizami, in jede einzelne Zeile der *Sieben Prinzessinnen*.[9] Jedes Jahr unterrichtete er »*Die schwarze Saturnkuppel*«, bis zum Ende dieses Jahrzehnts. Alle tragen Schwarz, eine Stadt oder die ganze Welt. Zunächst ist da nur ein Derwisch, als Gast des Königs. Dann, ganz allmählich, zieht es den König mit jeder Faser seiner Seele zu dem Ort, der Stadt, in der er dieses Rätsel würde lösen können. Er macht sich auf den Weg. Als er ankommt, sieht er die ganze Stadt in Schwarz gehüllt. Also wissen es alle. Doch niemand spricht darüber. Er gewinnt einen edlen Metzger zum Freund. Nun, das war's. Das war alles, was er las. Wichtig war die Interpretation, das heißt die persönliche Erfahrung; jeder mußte sie durchleben. Und sicherlich bedeutete es für Nizami die Unerreichbarkeit der Utopie, die Vereinigung mit dem, was jenseits der sieben Himmel lag. Was bedeuteten Feen oder Mond oder Sonne, denn alles Schöne wäre nichts als ein materialisierter Widerschein der Liebe.

*Um zu erkennen, wer immer das Schweigen*
*bewahrt,*

*aus welchem Grund er gehüllt in der Trauer*
*Schwarz.*[10]

Also setzt er sich in einen Korb und erreicht durch Magie die Spitze eines Turms. Der Rest war klar. Ähnliche Begebenheiten gab es in vielen Märchen, wo man beispielsweise mit Hilfe eines Sagenvogels in ein fernes Land reiste, jenes nichtexistente Utopia, eine Traumwelt.

Er stellte sich vor dem Gemüseladen ans Ende der Schlange. Wer von ihnen hatte es durchlebt? Das war kein Spaß. Die Frauen zählten nicht, zum Beispiel die verschleierten, die nun in alle Ewigkeit Schwarz tragen mußten, oder gar diese hier in ihren langen Mänteln und Kopftüchern. Den schwarzgewandeten Mann konnte man gelten lassen. Sein Anzug war schwarz, aber noch trug er einen blauen Pullover. Es war die Mitte seines verfluchten Jahrzehnts. Nun ja, täglich kamen schlechte Nachrichten, ein Verwandter, ein Freund.

Jenseits der Sechzig wäre es vielleicht besser, das Schwarz gar nicht mehr abzulegen. Plötzlich bemerkte er, daß die Frau vor ihm ihr Kopftuch ordnete. Sie stopfte ihre blondgefärbte Stirnlocke unter den Tuchrand. Dann sagte sie es den Frauen vor sich. Mit einem Schubs machte sie sie darauf aufmerksam. Er begriff. Es war ein Patrouillenwagen. Inzwischen hatte der Toyota angehalten.

So wurde immer alles verdorben, darin unterschied sich das Gestern nicht vom Heute. Was sonst hatten all diese »Beinamen des Propheten«, die »Anrufung Gottes« und sogar die »Himmelfahrt« mit dem König zu tun, der fortgeht, um herauszufinden, warum der Derwisch Schwarz trägt?[11] Trotzdem muß ich mir einen kaufen. Sie sind alle dabei fortzugehen, jeden Tag einer, sogar einige seiner Schüler, wie Ssadighi, der mit zweiunddreißig Jahren einen Infarkt hatte. Am besten ginge er sich einen schwarzen Konfektionsanzug kaufen. So sah es nicht gut aus. Und nachmittags ginge er, von Kopf bis Fuß in Schwarz gekleidet, in die Moschee. Und dann … Manchmal, hatte er bemerkt, konnten sie dieses Schwarz nie mehr ablegen. Nein, das hatte Nizami damit nicht gemeint, obwohl er das Epos im hohen Alter verfaßt hatte. Die *Sieben Kuppeln*, die den sieben Himmelskuppeln gleichgesetzt werden, mit dem Ort der Glückseligkeit im Zentrum, der sich aus der Übereinstimmung der Kuppeln mit den Himmeln ergibt. Wohin werden sie mich bringen?

Als er an die Reihe kam, kaufte er auch etwas Obst. Wo steckte der Einkaufszettel? Es fiel ihm wieder ein. Wenn er doch nur diese Farben zusammenstellen, die Bögen, die sie einrahmten, oder zumindest diesen fein gezahnten Rand des Basilikumblatts beschreiben könnte, dann hätte er dieser Epoche gebührend Ausdruck verliehen. Dann setzte er sich in Bewegung. Damals schrieb er sogar auf Geldscheine. Er mußte beim Buchladen vorbeischauen. Manchmal ging er hinein. Er wußte, daß er keines kaufen würde, doch berühren konnte er sie wenigstens. Manchmal roch er sogar an ihnen. Der Toyota war da. Wieder sah er sie, es waren dieselben vier Personen. Was konnten sie ihm anhaben, wo er doch schon seit Jahren nichts mehr veröffentlicht hatte?

Er hatte seine Bücher gesehen, aufeinandergetürmt auf dem Tisch des Inspektors des Führungsministeriums. Zwei davon besaß nicht einmal er selbst. Er hatte zwar kein Schreibverbot, sollte aber, eine Zeile hier, ein paar Zeilen dort – nun ja, nur ein bißchen bearbeiten. Nein, er war darüber hinaus, etwas zu ändern, und schon gar nicht an diesen Zeilen, von denen er nicht wußte, aus welchen verborgenen Erdschichten unter dieser Quelle sie hervorgesprudelt waren. All das lag nun, ob gut oder schlecht, auf dem Tisch des Inspektors. Wenn sie ihm diese Sammlung doch nur gegeben hätten. Sie hatten sogar sein *Verfluchtes Jahrzehnt.* Er hatte den Buchrücken gesehen. Er hatte eine angenehme grüne Farbe.

Nein, er mußte an jene Farben denken oder besser noch an den Schnee, der fiel. Der wievielte war heute? Der 4. Januar 1982, genau zehn Uhr dreißig. Bis zur Rückkehr seiner Töchter hatte er nur noch eineinviertel oder anderthalb Stunden Zeit. In der Buchhandlung sah er sich die Reihe der Titel an. Zwei waren neu erschienen. Er kannte sie nicht. Der Buchhändler kannte ihn inzwischen. Er blätterte herum. Wieder war es eine dieser Chroniken bedeutsamer Momente, als ob bis dahin nichts Bedeutungsvolleres geschehen wäre. Sie alle statteten ihr Produkt mit einem Vers von Hafis als Motto aus, und damit hatte es sich.[12] Auch sie lebten in dieser Zeit, aber nicht wie Glieder einer Kette, die von dem einen zum anderen reichte und weiter bis in die Ewigkeit. Nein, so einfach war es niemals. Es stand nicht einmal fest, woher dieser Engel kam, aber so ähnlich mußte es sein. Und dann brauchte es Geduld und nochmals Geduld, damit man nicht plötzlich die Augen aufschlug, nur um feststellen zu müssen, daß man noch immer im Korb saß. Inzwischen hatte ihn derjenige verlassen, zu oft war er launisch gewesen, hatte vagabundiert und seine geheimsten Stunden mit Doppelgängern statt mit ihm verbracht.

Der Schnee setzte sich, schmolz jedoch. Auf den Ästen und manchmal auf einem vertrockneten Blatt blieb er liegen. Er sehnte sich nach Schnee, die Mühe des Wegräumens nahm er gern auf sich. Die Töchter würden ihm dabei helfen. Auch auf seinem Kopf blieb er liegen. Noch war sein Haarschopf nicht weiß, nur die Schläfen und vereinzelte Strähnen im glatten Stirnhaar. Blieb ihm also noch genügend Zeit, würde er noch einmal die Gelegenheit haben heranzuschweben, so wie Nizami es beschrieben hatte? Sobald er zu Hause wäre, würde er die Stelle lesen. Als der König am vorbestimmten Ort anlangt, läßt er die Fänge des Vogels fahren. Nun, das leuchtete ein, schließlich war es ein Nicht-Ort, nicht dem hier und keinem anderen Ort entsprechend, den es jemals gegeben hatte oder geben würde. Bis zur Abenddämmerung wandelt er im Rosenhain. Er glaubte zu sehen, wie der Toyota ihm folgte. Er beschleunigte seine Schritte. Es war wegen jener Passage, in der der aufkommende Wind den Staub fortbläst und dann eine Wolke erscheint, die alle Dinge mit Tau benetzt. Dann die Stelle, an der die Feen kommen, schwebend, mit Kerzen in den Händen, die einen Teppich ausbreiten und einen Thron errichten, und dann, gemäß ihrer Festzeremonie, zuerst die Harfe und anschließend die Weinschenkin mit jenem Kelch mit den sieben Zeichen.[13] Wäre er dort gewesen, hätte er im Stil von Khaghani gesagt: »Schenk mir ein, einen Fingerhutvoll mehr als den anderen«, als kleine Belohnung für eine Zeile oder ein Wort, das er da und dort geschrieben hatte.[14] Dann war die Feenkönigin an der Reihe, aufzutauchen und den Thron zu besteigen. Nein, diese Zeilen suchte er nicht. Er sehnte sich nach dem Abschnitt, in dem die Feentochter heranschwebte, nicht zu ihm, sondern zum König der Schwarzgewandeten, dem, der später ein Leben lang Schwarz trug, und ihn zum Festmahl einlud. Gelesen hatte er es viele Male, sogar auswendig gelernt, und jetzt konnte er, wenn er sich nur an die Worte der ersten Halbverse erinnerte, das ganze Gedicht auswendig rezitieren.

Daheim, bevor er noch die Einkäufe verstauen

und in den Keller gehen konnte – wie schön wäre es, wenn er den Engel nicht so verhüllen müßte, um ihn einmal wenigstens mühelos in Weiß zu sehen –, klopfte es an der Tür. Laß sie warten, wer immer es sein mochte. Noch während er blätterte und den Abschnitt suchte, hörte er Geräusche. Sie kamen aus dem Hof, als ob irgendwelche Dinge herabfielen. Er hatte gerade noch Zeit, die Stelle zu lesen, an der die Feenkönigin sagte:

*Als sei ein Fremdling, so deucht mir,*
*jener Erdenanbeter einer hier.*
*Erhebe dich und schweife im Kreise. Wer*
*dir auch begegne, bring zu mir ihn her.*

– bis er sah und begriff. Nun würde er für lange Zeit von diesen Dingen Abschied nehmen müssen. Oder war dieses Mal er an der Reihe? Ihre Redensarten kannte er auswendig, sogar mit ihrer Art, zu grüßen und ostentativ »Entschuldigung« zu sagen, war er vertraut. Deswegen auch, dachte er, würde diese Kette, sofern es sie geben sollte, von Anbeginn, oder vom Dichter Beshar Ibn-Bard Tokharestani an, bekannt als der »Ohrringträger«, das heißt Sklave, den der Abbasiden-Kalif Mehdi, Oberhaupt aller Gläubigen, nach Anklage wegen Ketzerei und Auspeitschung als Leichnam in die Sümpfe von Bataeh zu werfen gebot, über Ferdousi, den man nicht auf dem Friedhof der Muslime beerdigte, bis hin zu ihm und darüber hinaus in alle Ewigkeit reichen.[15] Wenn ihm also dasselbe widerfuhr, was beispielsweise Ka'b Ibn-Ashraf in einem der Verliese widerfahren war, dann mußte es so beginnen.[16] Sie kamen plötzlich, unangemeldet. Und er blieb abwartend sitzen, um sein Teil zu erhalten, oder besser gesagt, seine Schuld zu bezahlen.

Sie sagten, einer von ihnen: »Warum hast du seit heute morgen nicht die Tür geöffnet?«

Was würde das ändern?«

Das Telefon beantwortest du auch nicht?«

»Wie ich schon sagte.«

Er blätterte weiter, um die Stelle zu finden oder zumindest herauszubekommen, wie es passiert war oder wie sie den König, der noch nicht Schwarz trug, zum Thron geführt hatten. Er wußte, daß es sich nicht gleichen würde, niemals. Jedes Mal würde es anders sein.

Auch draußen stand einer, war dabei, das Tor zu öffnen, als ob sie mit dem Wagen hereinkommen wollten. Also schafften sie einen in diesem Jahrzehnt mit dem Wagen weg, mit den Toyotas, made in Japan. Wofür war der Simurgh in China eine Metapher?[17] Für den Himmel? Nein, er stand sowohl für die Unvergänglichkeit als auch für die Enthaltsamkeit. Und manchmal sogar für den Mönch selbst. Also geht der König deshalb nach China. In den Miniaturen schien er aus Wolken zu bestehen oder aus dem Inneren einer Wolke zu entspringen, mit gespreizten Flügeln, bekränzt von langen, zarten, bunten Federn, eine jede von anderer Schattierung, als trüge er eine vielfarbige Wolkenkrone auf dem Haupt, die über Hals und

Rücken fortwährend auf und ab wogen würde, bis hinab auf den Schweif.

Wieder fragte einer von ihnen: »Was liest du gerade?«

Er zeigte den hübschen grünen Einband der *Sieben Prinzessinnen*.

»Mogelst du also auch?« fragte derselbe.

»Welche Mogelei?«

»Du weißt schon, welche.«

Er nahm das Buch, lächelte und sagte: »Sie sehen doch, oder nicht?«

Er blätterte herum, als ob er noch einmal dieselbe Stelle lesen wollte, sich selbst zuliebe. Der Mann zog es ihm aus der Hand. Er blätterte herum und öffnete es dann. An der Stelle, wo sein Füller steckte. Er legte es auf den Tisch. Dennoch, sie waren tatsächlich dabei, alle seine Bücher aus den Regalen zu nehmen. Pappkartons hatten sie auch dabei, Schnüre ebenso. Das Haustor hatten sie verriegelt. Der Toyota stand jetzt sicher im Garten. Er betrachtete die Plastikplane auf dem Engel und dann die nackten Äste des Granatapfelbaums. Daran würde er sich erinnern.

»Steh auf«, sagte er.

Nur gut, daß er angezogen war. Er nahm seine Zigarettenschachtel und die Zündhölzer. Inzwischen rauchte er weniger, täglich nur ein paar. Er näherte sich dem Ende seines Jahrzehnts. Einer von ihnen trug außerdem einen groben Sack. Er sagte: »Bitte werft sie nicht in den Sack, sie gehen sonst kaputt.«

»Steh gefälligst auf.«

Der Mann riß ihn vom Stuhl. Wo hatte er ihn gepackt? Wieder lächelte er. Aber er wußte, daß es
diesmal nicht sein würde wie sonst. Der Sack war
für seinen Kopf bestimmt. Weder die Fasern, die
ihm in Mund und Nase krochen, noch der Reisgeruch störten ihn, sondern die Art, wie sie ihn ein-
wickelten. Sie schnürten seinen ganzen Oberkör-
per mit dem Seil ein. Was gab es da noch zu lachen?
Wenn die Töchter mittags heimkehrten, würden
sie es an den leeren Bücherregalen merken. Seine
Frau war inzwischen daran gewöhnt. Es war sein
drittes Mal. Auf Befehl des Kalifen hatte man sicher auch Beshar in einen Sack gesteckt. Und Ka'b
hatten sie auf die Andeutung eines Bruders aus seinem Stamm hin in die dornigen, giftigen Büsche
von Ghazian geworfen. Übrigens, wieviel Jahre
hatte Masoud Sa'd Salman in den Turmverliesen
von Nay, Dehak und Lahore insgesamt verbracht?[18] Er mußte gehen. Sein Teil beisteuern.
Wie lautete noch einmal der Anfang jener Verse
von Nizami, als der König der Schwarzgewandeten in die Lüfte stieg? Sie schnürten das Seil um seine Beine, und einer sagte: »Los.«

Sicher machten sie sich lustig über ihn, denn er
mußte trippeln. Sein Kopf stieß irgendwo an, und
seine Hand berührte einen Pappkarton. Er hörte,
wie sie die Kartons füllten. Er versuchte, zumindest bis zur Türschwelle seiner Bibliothek zu ge-

hen, der Rest war ihr Problem. Als plötzlich ein Hieb auf ihn niedersauste. Es war keine Faust. Sie hielten auch nichts in den Händen. Er torkelte, vielleicht hatte er sich ja auch von selbst um seine Achse gedreht oder war gefallen, und es hatte ihn, zwischen Himmel und Erde, jemand aufgefangen. Nur mit einem Buch konnte man so zuschlagen. Mit welchem? Nicht wichtig. Allein, daß sie einen mit einem Buch schlugen, mitten auf den Kopf, war eine erfreuliche Tatsache. Er lächelte sogar und roch wieder den Reisgeruch und spuckte die Fasern aus. Sie hatten ihn an den Hüften hochgehoben. Sein Schienbein war anscheinend an die Türschwelle gestoßen, was sein Schwindelgefühl etwas minderte. Dann packten sie auch seine Füße, schleppten ihn fort und warfen ihn der Länge nach hin, auf den metallenen Boden des Wagens natürlich. Sie selbst nahmen auf den Sitzen Platz. Sein Handrücken stieß an einen Pappkarton, der sicher voller Bücher war. Wenn doch hier schon Schluß gewesen wäre. Welch schönes Ende, ein Hirnschlag inmitten all seiner Bücher. Aber konnte man denn all seine Bücher überhaupt auf diesem einen Flecken unterbringen? War es nicht besser, wenn sie nur seine eigenen Werke neben ihm stapelten oder vielleicht alle Exemplare seines seit zwei Jahren in der Druckerei festgehaltenen Buchs über ihm ausschütteten, und damit Schluß? Er versuchte zu schlafen, seine Kopfschmerztabletten waren in seinen Taschen geblieben.

Immerhin, Farkhondeh ließ ja nicht locker. Sie rannte von Revolutionskomitee zu Revolutionskomitee. Damals, als er jung war, hatte die Mutter, einen Beutel Molke haltend, einen Beamten am Kragen gepackt und gesagt: »Gibst du sie ihm, oder ich gieß dir diesen Beutel über den Kopf!« Sie pflegte dann zu lachen und sagte: »Plötzlich, mein Sohn, riß sein Kragen.« Und er stimmte ein: »Er war verschlissen.«

Der Beamte hätte sie beinahe geschlagen. Trotzdem brachten sie ihm die Molke. Die Auberginen dazu hatte ihm seine Schwester zwei Tage zuvor gebracht, die Polizisten hatten sie in Scheiben geschnitten. Es war ein richtiges Festmahl, nur der Schnaps fehlte. Beim Verhör hatte ihm allein diese Auberginenmolke zwei Ohrfeigen eingebracht. Vielleicht war es derselbe Beamte. Die Mutter wußte ja nicht, wer es war. Sie sagte, er war schick angezogen. Aber diese hier waren wie er, gewissermaßen aus dem einfachen Volk, und trugen Parkas. Deshalb hatte er sich auch lange Zeit geweigert, seinen Parka zu tragen, obwohl er mit Fell gefüttert und warm und bequem war. Sie fuhren ihn kreuz und quer durch die Straßen, damit er nicht merkte, wohin sie ihn brachten. Er wußte es. Mit ihm, der so lange Jahre *»Die schwarze Saturnkuppel«* unterrichtet hatte, so etwas anzustellen war geschmacklos. Wenn er doch nur sehen könnte, wie viele *Hedjlehs* in diesen Straßen standen. Es waren schon mehrere Monate seit dem Beginn dieser soundsovielten Karbala-Offensive vergangen.[19] Bestimmt war es jetzt elf Uhr, Samstag, den 4. Januar 1982. Er hörte nicht richtig, was sie über Funk durchgaben, sie hatten das Autoradio laut aufgedreht. Nein, alle Bücher hatten sie nicht mitgenommen. Vielleicht verlangten sie einen weiteren Wagen von der Zentrale. Dafür reichten nicht einmal mehrere Toyotas. 1973 hatten sie nur seine alten Werke zurückgebracht. Und dieses Mal? Ein Pappkarton war auf ihn gefallen.

»Wie geht's dir, Dichter?« hörte er fragen.

Damals, 1973, hatten sie gesagt: »Dichter der Massen«.

Diesmal war es besser. Die Massen paßten nicht mehr zu ihm. Er dachte an einen nie gesehenen Strom, der hinter einem Dickicht aus hohem Schilf zu beiden Seiten vorbeizufließen schien, und dessen träges Fließen man nur gelegentlich an ein, zwei kleinen, sich kräuselnden Wellen wahrnehmen konnte. Dann stellte er sich eine grüne Ebene vor, keine Prärie, sondern eine Weide, die die Schafe nur wenige Tage zuvor abgegrast hatten, so daß die Halme jetzt kaum einen Fingerbreit hoch standen. Auch Bäume gab es dort, lauter Zedern, doch nicht so alt, daß der Umfang ihrer Stämme mehrere Armlängen betrug , sondern nur mannsdick und hoch, so hoch, daß man die laue Brise dort oben am Wanken und Einnicken ihrer Wipfel ablesen konnte.[20] Und wo war er? Ach, könnte er doch auch die Fortsetzung träumen. Aber es ging nicht. Er er-

wachte, so sehr lärmte das Radio. Als ob der Lautsprecher genau neben seinem Ohr stände. Am
weißen Kittel merkte er, daß es ein Arzt sein mußte. Nein, es war kein Krankenhaus, es war seine
Zelle. Er merkte es am kalten und feuchten Fußbo-
den. Durch seine zusammengepreßten Zähne hin-
durch hatten sie ihm irgend etwas in den Rachen
gegossen, das ihm jetzt bitter auf der Zunge lag,
aber immer noch pochte es irgendwo unter seinem
Scheitel. Er war angekommen. Er versuchte sich
hinzusetzen. Als er die Augen öffnete, sah er zwei
Augen starr auf sich gerichtet. In der anderen Ecke
saß jemand, die Knie umschlungen, auf einer doppelt gefalteten Decke. Der Doktor oder wer auch
immer sagte etwas. Er hörte es nicht. Das Plärren
des Lautsprecher ließ es nicht zu.

Der Doktor oder wer auch immer schrie: »Wie
geht es dir jetzt?«

»Gut«, murmelte er.

Er setzte sich auf und lehnte sich an die Mauer.
Eine Zigarette wurde ihm zwischen die Lippen ge-
schoben. Um die Farbe der Flamme zu sehen, öffnete er die Augen. In der Dunkelheit der Zelle
würde sie noch schöner wirken. Doch er sah nur
zwei schwarze Augen und schloß die seinen, nahm
dann ein paar tiefe Züge und sah die sanfte, blaue
Bewegung des Gewässers in dem Schilfdickicht.
Irgendwo waren Leute dabei, Wasser auf der Wiese auszuschütten. Sicher nicht, um ihn bei seiner
Ankunft willkommen zu heißen. Und er dachte,

daß sie ihm absichtlich etwas gegeben hatten, um ihn einzuschläfern. Aber es waren die Wasserspritzer, die von den Fingerspitzen des Doktors oder wem auch immer kamen. Kaum sagte er: »Bitte lassen Sie mich schlafen«, als ihm der Schmerz von so etwas wie einer Stiefelspitze ins Mark fuhr und aus ihm herausbrach mit einem Schrei, der das Plärren des Lautsprechers übertönte.

»Spiel nicht den Harmlosen …«

Den Rest kannte er, ohne hinzuhören. Als er die Ohrfeige spürte, ließ er die Zigarette fallen. Er tastete mit der Hand nach ihr und steckte sie sich zwischen die Lippen.

Die beiden Augen waren noch immer starr auf ihn gerichtet. Was für einen kleinen Mund er hatte. Statt eines Bartflaums trug er anscheinend denselben Bartschatten auf beiden Wangen. Wo hatte er ihn schon gesehen, daß ihm die Umrisse seines Kinns und die Bögen seiner Brauen so vertraut vorkamen? Vor seinen Füßen, die in Latschen steckten, stand eine leere Schüssel mit einem Löffel. Also mußte Mittag vorbei sein. Den Gebetsruf hatte er nicht gehört. Wer hielt heute die Predigt? Er hörte zu. Wenn er doch nur über das Paradies sprechen würde. Was gingen ihn die *Huris* oder Sklaven aus Milch und Honig an? Seine Zedern hatten sie ihm nicht rauben können, weder die Araber noch die Ghaznaviden, nicht einmal die Türken und Mongolen. Und dieser klare blaue Strom mit seinen sich kräuselnden Wellen kam von jenem Ort hergeflossen, der sogar noch ferner lag als der, an dem Nizami aus den Überbleibseln des *Shahname-ye Abu Mansur* und des *Khodai Namak* seine Märchen geschaffen hatte, und würde dann weiterfließen zu jenem fernen Ort, den es noch nicht gab, an dem wiederum ein anderer aus den Bruchstücken, die er verfaßt hatte oder verfassen würde, etwas erschaffen würde.[21] Das war alles.

Der Doktor stand auf, murmelte etwas und ging. Nun war er allein. Nein, die beiden Augen, die nicht zu einem Gesicht, sondern zu einer in der Ecke aufgehängten Maske gehörten, sahen ihn an. Die machte eine Andeutung und bewegte die Lippen.

Auf die Essensschüssel deutete sie, auf der ein Stück Brot lag und darauf ein Löffel. Er mußte essen. Es war kalt geworden. Es war etwas wie dicke Suppe. Trotzdem aß er. Dann steckte er seine Hand in die Tasche, sie hatten ihm nur seine Zigarettenschachtel gelassen. Stets steckten ein paar angespitzte Bleistifte, ein kleiner Notizblock und sogar ein Kugelschreiber in seinen Taschen. Auch sein Schlüsselbund fehlte. Aber die Augenbinde war da. Er schaute ihn immer noch an. Er stellte sich vor, mit Vor- und Nachname.

»Ich weiß.«

»Du kennst mich?«

»Seit langem.«

Dann sagte der andere: »Und ich bin Sarmad,

einfach Sarmad.«[22]

Er wollte ihn fragen: Hast du auch eines meiner Gedichte gelesen? Aber er traute sich nicht. Damals erfuhr er gelegentlich, daß man einen Studenten wegen eines seiner Bücher oder sogar Gedichte verhaftet hatte. 1973 hatten sie zuerst seinen Schüler verhaftet und waren dann zu ihm gekommen.

Er fragte ihn: »Hast du Streichhölzer?«

Er deutete es eher an, als daß er es aussprach. Da hörte er ein Knacken und sah die Luke, einen Mund einrahmend, eine Höhle in einem Haarbüschel. Er beschimpfte nicht ihn, sondern Sarmad. Dann öffnete sich die Tür. Er sah die Stiefel und dann eine Fußspitze, die gegen den Unterschenkel oder sonstwohin trat:

»Wenn ich nur noch ein einziges Mal etwas höre oder sehe, wirst du dein blaues Wunder erleben!«

Und zu ihm sagte er: »Und du hältst die Klappe. Sprechen ist in der Zelle verboten. Das hier ist kein Hotel, hast du verstanden?«

Nein, er schlug ihn nicht. Er hob den Kopf. Wo hatte er ihn schon gesehen? Zu seinem Abführkommando gehörte er ja nicht. Vielleicht kam er ihm auch nur deshalb bekannt vor, weil sie sich alle ähnelten. Woher wußten sie, wer wer ist, wenn sie einander ansprachen? Die Uniform natürlich. Manche tragen einen Namen auf der Brusttasche der Uniform. Dieser eine trug keinen.

Er sagte: »Entschuldigen Sie, mein Herr, ich wollte Streichhölzer.«

»Bruder!«

Der andere sprach so kehlig, daß er dachte, der würde davon heiser werden.

Er sagte: »Entschuldigen Sie, Bruder, ich hatte es nicht bemerkt. Wenn es möglich wäre…« Und er zog eine Zigarette aus der Packung in seiner Tasche.

Mit einem Schlag hieb der ihm die Zigarette aus der Hand und zertrat sie. »Steh gefälligst auf. Wer hat dir erlaubt, Zigaretten zu haben?«

Er stand auf. Er konnte sich nicht an der Mauer festhalten. Es war, als ob handbreit Wasser von derselben Kälte, die seinen Rücken vereist hatte, die Mauer durchzöge.

Von der Tür oder Luke her sagte jemand: »Laß ihn jetzt in Ruhe. Wir kümmern uns später um ihn.«

Er setzte sich hin. Es war nicht wichtig. Nur gut, daß er nicht mehr so daran hing. Man mußte bereit sein. Seit Beginn seines Jahrzehnts, genau jener Jahre, hatte er so gedacht, aber er war es nicht. Vielleicht deshalb, weil er so viel an die anderen gedacht, die gefoltert wurden, hatte er dann wie zum Ausgleich begonnen, seinen eigenen Körper zu martern. Gerade deswegen war er in Schwierigkeiten geraten. Vorsätzlich und aus Scham zahlte er für die vielen durchwachten Nächte mit Worten. Seine Gedichte wurden verboten und schließlich gedruckt, illegal, und wanderten von Hand zu Hand. Dann holten sie ihn ab. Als der Untersuchungsrichter sie vorlas, bemerkte er selbst, daß es keine Poesie war. Auch diesmal war es keine. Sie hatten eine Auswahl seiner Gedichte aus den letzten Jahren unter dem Titel *Das verfluchte Jahrzehnt* veröffentlicht, das in Wirklichkeit sein eigenes Jahrzehnt gewesen war.

War seine Epoche also vorbei?

Dann hörte er: »Streichhölzer habe ich. Wenn du noch eine Zigarette hast, zünde ich sie dir an. Aber nur, wenn ich zuerst rauchen darf.«

Es war Sarmad, er sprach mit gesenktem Kopf. Sogar als er den Kopf hob, sah er seinen punktförmig wirkenden Mund nicht sich bewegen. Er mußte es auch lernen. Morsezeichen hatte er 1973 gelernt, aber dieses Mal, zumindest bisher, hatte er niemanden etwas an die Wand klopfen hören.

Er zog eine Zigarette aus der Schachtel und streckte sie hin. Sarmad zog ein halbes Reibeblättchen und einen Splitter, ein halbes Streichholz heraus. Er zeigte es ihm und sagte: »Siehst du, inzwischen sind wir Experten !«

Er hatte schon gehört, daß sie die Streichhölzer teilten und daß anschließend alle vierzig bis fünfzig Insassen eines Zellenblocks eine Zigarette rauchten. Den Rauchern gab man täglich zweimal eine Zigarette, natürlich nur denen, deren Verhör vorüber war und die ihr Urteil erwarteten: zehn bis fünfzehn Jahre, meistens jedoch Hinrichtung,

Schar für Schar. Nein, er war außer Gefahr. Der eine Dichter, den sie hingerichtet hatten, hatte sie in mehr Schwierigkeiten gestürzt als erwartet.[23] Deswegen also hatte man ihm seine Zigarettenschachtel gelassen, und der Bruder hatte ihn nicht so geschlagen wie Sarmad.

Sarmad rauchte. Er sagte: »Ich habe zwei Revolutionswächter umgebracht. Seit einem Jahr und drei Tagen bin ich hier. Das sagen die, und ich glaube, es ist nicht gelogen.

Wieder nahm er einen Zug. »Weswegen haben sie dich hergebracht?«

Er schaute ihn an. Wie hatte er überlebt? Nun gut, er trug noch einen Bartflaum im Gesicht. Er konnte höchstens achtzehn oder neunzehn Jahre alt sein, wirkte aber aufgeweckt. Irgendwo im Gesicht hatte er anscheinend einen nervösen Tick. Plötzlich bemerkte er, daß man ihm seine Brille nicht mitgegeben hatte. Er durchsuchte auch seine Taschen. Er trug sie nur zum Lesen.

Die Zigarette war schon fast halb geraucht. Er merkte es daran, wie Sarmad sie abmaß. Mit dem Zeigefinger maß er gerade die Entfernung vom Filterende bis dorthin, wo der Rauch aufstieg. Er sagte: »Ich hab noch ein, zwei Züge übrig. Du hast nicht geantwortet.«

»Wegen des *Verfluchten Jahrzehnts.*«

»Was?«

Er erklärte es ihm. Sarmad hatte die Zigarette in seiner Handmuschel verborgen, sog an ihr zwischen seinen gekrümmten Fingern und blies dann den Rauch nach oben zum vergitterten Fenster über seinem Kopf. Er kräuselte sich, aber nicht so sehr, daß er sichtbar wurde. Vielleicht war jetzt alles schneebedeckt, und Farkhondeh verließ gerade das wer-weiß-wievielte Komitee, um das nächste aufzusuchen.

»Lies mir eins vor.«

»Ich hab sie vergessen.«

Er streckte die Zigarette hin und sagte: »Schau mich an. Wenn ich zwinkere, mach sie aus.«

Sie schmeckte wirklich. 1973, in jenen vier Wänden, hatten die Genossen die Zigaretten rationiert. Nur anfangs ließen sie ihn an die zwanzig rauchen, eine Woche lang, dann reduzierten sie sie. Sie meinten, es schade der Kommune. Die Kommune wurde mehr oder weniger von seinem Geld unterhalten. Die anderen bekamen keinen Besuch. Er willigte ein. Insbesondere, weil sie ihm in den Tagen beigestanden hatten, in denen sich sein geschundener Körper erholte. Aber seine wirkliche Aufgabe hatte in der zweiten Nacht begonnen. Während sie ihren Tee tranken, saßen alle fünf still da, die Köpfe gesenkt. In jeder Zelle waren nur zwei untergebracht, aber zur Mittags- oder Abendessenszeit durften sie sich in einer versammeln. Abends blieben sie bis zum Zapfenstreich beieinander. Er nippte an seinem Tee. Noch waren seine Zigaretten nicht rationiert. Er war bei der zweiten Zigarette, als Djahangir sagte: »Trag uns etwas vor. Worauf wartest du noch?«

Er fragte: »Was denn?«

»Ein Gedicht natürlich!«

Und er streckte die Hand aus und öffnete ein wenig die Tür. Es war kalt. Es schneite nicht, aber er hatte gesehen, wie das kleine Becken im Hof zugefroren war. Ihre Benzinration reichte gerade aus, um das Essen zu wärmen, dann brachten sie den Benzinkocher hinaus und löschten ihn. Den Abend zuvor hatten die anderen gesprochen, über dieses und jenes. Noch wurden sie verhört. Djahangir sagte, ihn hätten sie wegen Waffenbesitzes im Gebirge festgenommen. Er meinte, sie hätten ihm etwas angehängt, eine Stammesstreitigkeit. Nur einer von ihnen betete, und tagsüber übte er sich in der Zelle in Kalligraphie. Wie hatte er geheißen?

Also warteten sie auf ihn. Mit welchem Gedicht von Nima hatte er begonnen, an dessen Verse er sich nicht mehr vollständig erinnern konnte?[24] *Das leichte Mädchen* hatte er ein paar Nächte später vorgetragen. Was für einen Blick ihm Bahrami zugeworfen hatte! Er war dabei, eine Socke aufzuribbeln. Er hatte den Kopf gehoben und ihn angesehen. Später hörte er, daß man ihm auf dem Weg von dort, wo man ihn gefaßt hatte, bis zum Keller des Komitees den ganzen Schnurrbart ausgerissen hatte, Haar für Haar.[25] Wieder begann er von vorn:

*Verschließ die Tür, denn nirgendwen*
*verspüre ich noch Lust zu sehn.*

Er konnte sich noch ungefähr an das erinnern, was er vorgetragen hatte. Er hatte rezitiert und rezitiert. Er hatte gesagt: »Hier, von der Mitte des Gedichts, habe ich ein paar Zeilen vergessen.« Aber er konnte nicht erklären, was der Dichter oder er selbst gemeint hatte. Er trank Schluck für Schluck seinen Tee und trug das Gedicht Zeile um Zeile vor. Als er geendet hatte, widmete er sich seinem Tee, vielleicht hatte er sich auch eine weitere Zigarette angezündet. Bahrami sagte: »Und?«

Vermutlich hatte das leere Gesicht sein Erstaunen widergespiegelt, so daß Bahrami ihn aufforderte: »Sprich weiter!«

Er streckte sein Glas hin. Bahrami ließ das Fadenknäuel und den bis zur Ferse aufgetrennten Strumpf fahren und goß Tee ein, nur für ihn. Er sagte: »Entschuldige bitte, trink zuerst deinen Tee und trag dann das Gedicht vor.«

Entsprach das nicht dem althergebrachten Ritual? Zuerst füllten sie einen jeden Kelch bis zum Strich mit jenem Bittertrank, und dann machte der Mundschenk die Runde. Vielleicht gaben sie dem Dichter oder Vortragenden einen Fingerhutvoll mehr, und dann machte, Vers für Vers, den der Dichter oder vielleicht Rezitator vortrug, der Mundschenk wieder die Runde, und jede Versrunde endete in einem Reim. Und wieder machte der Mundschenk die Runde bis zum Dichter oder … und wieder bekam er einen Fingerhutvoll mehr. In was für eine Klemme war er da geraten! Ihm blieb nichts anderes übrig, als die Zigarette auszumachen und seinen Tee, bitter, wie er war, in ein paar Schlucken zu trinken. Und wieder rezitierte er etwas von Nima. Nein, das wollten sie nicht hören. Djahangir sagte es ihm. Und schließlich landeten sie in einer Diskussion, bei jenem üblichen Urteil über die Kunst als Widerspiegelung der Realität und der Verpflichtung des Dichters gegenüber den Massen. Er dachte, warum haben sie mich hergebracht? Müßte er also von hier weggehen, müßten sie ihn entlassen? Doch wie konnte man mit solchen Figuren wie Siyahatgar oder Naderi zusammensitzen? Jetzt war es mehr oder weniger dasselbe. Er wollte nicht mehr. Er hatte genug von diesen zwei Seiten der Medaille. Er war nicht der Dichter der Epoche. Aber war er es je gewesen? Vielleicht konnte er mit diesem Sarmad irgendwie zurechtkommen. Er fragte ihn: »Wie alt bist du?«

»Sprich leiser«, hörte er.

Mit geschlossenen Lippen konnte er es noch nicht. Er hörte: »Ich bin neunzehn, oder achtzehn, aber warum soll ich lügen? Ich bin eintausendundneunzehn und drei Tage alt.«

Das hieß also, er war in diesem einen Jahr und den paar Tagen um ein Jahrtausend gealtert. Oder wie man sagte: »Denn tausend Jahre sind wie ein Tag.« Dieser Knirps war eben jener eine Tag, nach wie vor in seinem fadenscheinigen blaugestreiften Hemd und dieser an der rechten Schulter geflickten Jacke dasitzend, mit gesenktem Kopf, geschoren, und zwar ganz unregelmäßig.

Als er seine Zigarette löschen wollte, hörte er: »Gib sie mir.« Er schaute nicht, bis wohin der Zigarettenstummel aufgeraucht wurde. Mit gesenktem Kopf fragte er: »Wie steht es mit der Toilette?«

»Sie kommen selber vorbei, nur morgens, mittags und abends. Zur Mittagszeit sind wir schon gegangen. Aber du kannst sagen, daß du deine Waschungen vornehmen willst.«

»Ich bete nicht.«

»Du betest nicht?«

Er pflückte die Zigarette von seinen gespitzten Lippen. Wie seine Augen blitzten, in einem Gedicht müßte man sie mit einem gestählten Dolch vergleichen. Das Filterstück des Zigarettenstummels rauchte noch. »Bist du ein Linker?«

»Wie meinst du das?«

»Ich habe gefragt, ob du an Gott glaubst?«

»Was soll diese Frage?«

»Ich habe nur gefragt, ob du an Gott glaubst oder nicht. Ein Wort genügt.«

In jener leisen, tonlosen und gleichförmigen Stimme klang auch eine Spur von Haß an, eher durch die grundlosen Pausen zwischen den Worten.

»Sieh mal ...«

»Da gibt's nichts zu sehen! Antworte mir!«

Nun sah er ihn an. Die Luke öffnete sich: »Haltet ihr endlich die Klappe oder nicht?«

Es war ein anderer. Er rief in den Flur irgendwohin: »Bruder, die beiden reden dauernd miteinander.«

Wieder hörte er: »Hab keine Angst, sag's schon. Ich muß es wissen.«

War es Bayazid oder Rabe'e, die, zu Mohammed gewandt, anhob: Die Liebe zu dem Einen hat mich so überwältigt, daß ich weder an dich noch an jemand anderen mehr zu denken vermag.[26] Er konnte nicht behaupten, daß diese Worte, diese Zeilen, über deren Länge und Rhythmus und sogar deren Komposition er bestimmte, ihn derart gefesselt hätten, daß er an nichts anderes denken konnte. Dennoch, diese Fee, die ihm in einem Wort oder sogar in einem Vers erschienen war, hatte wirklich keinen Raum für anderes gelassen.

Mit einem Schlüssel oder etwas Ähnlichem klopften sie an die Tür. »Setzt eure Augenbinden auf.«

Er sah, wie Sarmad zur Mauer gewandt dastand und sie aufsetzte. Seine bestand aus einem gefalteten Tuch mit einem Gummizug. Sarmads Augenbinde war schwarz.

Er setzte sie einfach im Sitzen auf, nur die Stelle vor seinen Füßen konnte er sehen. An den Stiefeln merkte er, es waren zwei. Der dritte kam später. Er trug Schuhe und eine gewöhnliche Hose. Zur Wand gerichtet, grüßte Sarmad. Wie gut sie es doch verstanden, direkt auf das Schienbein zu zielen. Es war keine Schuhspitze. Er wand sich.

»Steh auf!«

Die Hand an die Wand, auf den Boden oder auf sonstwas oder -wen gestützt, stand er auf. Einer sagte: »Den hier nehmt mit! Und du da, setz dich.«

Er wußte, daß sie ihn zum Verhör brachten. Aber nicht so, wie er es sich vorgestellt hatte. Als er durch die Flure ging, stießen seine Füße an Menschen, sitzend oder schlafend. Manche hörte er auch stöhnen, und der, der ihn abführte, stieß ihn mit Händen oder Füßen, so daß er torkelte. Einmal fiel er sogar hin, doch die Hände eines Liegenden fingen ihn auf. Auch mit ihren Verhörsitten war er nicht vertraut. In welchem ihrer Traktate standen sie, daß er sie nicht gelesen hatte? Beim Schreiben mußte er dem Verhörbeamten den Rücken zuwenden, und als er sich einmal unter dem Vorwand umdrehte, eine Frage stellen zu wollen, sah er nur zwei Augen, die ihn aus den Schlitzen eines Sacks beobachteten, und daß auch die Worte nur aus einem weiteren Loch anstelle des Mundes gekommen waren. Er trug einen Umhang, da war er sich sicher. Das war, als sie das Auspeitschungsurteil verkündeten, mit der vorgeschobenen Begründung, es sei eine Lüge, als er geschrieben hatte, mit dem *Verfluchten Jahrzehnt* sei ein Jahrzehnt seines eigenen Lebens gemeint. Er zählte nicht. Sie peitschten ihn gleich dort aus, neben jenem endlosen Korridor, der vor schlafenden, halbwachen oder sitzenden, manchmal stöhnenden Menschen überschäumte. Sie schlugen ihn auf den Rücken, im Sitzen. Er sah nicht, wer ihn schlug und wer zählte. Aber was bedeutete das schon? Es war dieselbe Hand, die die Bücherverbrennung angeordnet, oder derselbe Mund, der die Hinrichtung aller Männer des Stammes der Quraizeh für rechtmäßig erklärt und die Frauen und Kinder versklavt hatte.[27] Schon die ersten zwei, drei Hiebe reichten aus, und sein Mund öffnete sich zum Schreien. Es war mehr, als er ertragen konnte. Unterhalb der Augenbinde konnte er jemanden in einer gestreiften Unterhose sehen, der außerdem einen Koran in den Händen trug. Der sagte: »Die Belohnung für jeden Schlag ist größer als für das tägliche Gebet oder Fasten.«

An jenem Ort, 1973 oder gar 1962, hatten sie ihm den Mund zugehalten, aber hier stand es ihm frei zu schreien, soviel er wollte. Offensichtlich hatten sie keine Verwendung für den Mundschalldämpfer, der den Ton in den Ohren und sogar in der Kehle widerhallen ließ. Sie schlugen ihn mit etwas wie einem Ledergürtel, kräftig und nicht so, wie angegeben, daß nämlich beim Schlagen ein unter die Achsel geklemmtes Buch nicht herunterfallen würde. Vielleicht war er bewußtlos geworden, daß er mit dem Zählen nicht hatte fortfahren können. Als er erneut die Streifen des Unterhosenbeins sah, hatten sie ihn mit dem Rücken zum Verhörbeamten gesetzt, einen Kugelschreiber in der Hand.

Er hörte: »Denk dran, wenn du zurückkehrst, bringst du deine Augenbinde in Ordnung. Hast du das verstanden?«

Ja, in jedem Jahrtausend hatte er das gehört.

Wieder war es ein neues Blatt gewesen, mit derselben ersten Frage:

F: Welchen Glauben hast du?

Er hatte sich umgedreht, um zu fragen: Hattet ihr nicht gesagt, daß die Gewissensprüfung verboten ist, und nun hatte er die Antwort darauf bekommen. Um die Herrlichkeit des Islam zu wahren, war jedes Urteil rechtens, er wußte es. Die *Herrschaft der Rechtsgelehrten* hatte er irgendwann in den frühen Sechzigern gelesen, aber er hatte es nicht ernst nehmen können. [28] Er schrieb:

A: Ich bin ein Dichter.

Dann legte er den Kugelschreiber hin. Irgendwie mußte er sich dieser quälenden Linie stellen, die in einer Tiefe wurzelte, die man vielleicht Schrein des Leibes nennen könnte und die von den fernsten Winkeln des verlassenen Samarkand bis nach Utopia reichte.[29] Auch er hatte einen Stammbaum, Generation für Generation, Geschlecht für Geschlecht, und obwohl es oft nur eine einzige Linie gab, so erschien sie doch manchmal wie ein Seil aus zwei Strängen, ineinander verschlungen und unterschiedlich gefärbt.

Während er zurückkehrte, mit verbundenen Augen mitten zwischen die Beine und manchmal auch auf einen Schenkel tretend, beschloß er, Sarmad dasselbe zu sagen. Aber als sie die Augenbinde lösten, merkte er, daß sie inzwischen zu viert waren, mit Sarmad, alle sitzend, zwei in der entfernteren Ecke und der dritte dem Winkel gegenüber, der anscheinend für ihn bestimmt war. Der half ihm auch beim Hinsetzen. Um den Schmerz auf den ganzen Körper zu verteilen oder vielleicht in der Hoffnung, ihn zu ersticken, krümmte er sich über seine Knie. Es war der gegenüber, der sagte: »Es wird schlimmer, wenn du starr bleibst. Versuch dich zu bewegen und dich zu massieren.«

Sarmad sagte: »Um Gottes willen, seid still. Was sie diesem alten Mann angetan haben, war nur wegen dem Gerede.«

Er beugte und streckte sich. Er konnte es nicht berühren. Hier war also nichts mit Gedichtvortragen oder jenem Ärger, den er damals anschließend gehabt hatte, als sie ihn zwangen, jede Nacht eine und manchmal sogar mehrere Kurzgeschichten zu erzählen, und das bei einer täglichen Ration von nur drei Zigaretten. Darüber hinaus begann Bahrami mit seinen Analysen, und sie fingen alle ungefähr folgendermaßenden an: »Natürlich bin ich auf diesem Gebiet kein Fachmann, aber denkst du nicht, das Gedicht oder die Erzählung müßte …«

Bis er eines Nachts sagte: »Ohne ein bißchen Tee und vielleicht ein, zwei Züge an der Zigarette kann ich mich nicht konzentrieren.«

Sie erhöhten seine Ration um eine Zigarette und ließen ihn sogar nachmittags allein um das kleine rechteckige Beet in der Mitte des Hofs spazierengehen. Es war dann ein Teil ihrer täglichen Routine geworden. Er ging und ging und überlegte andauernd, von wem und was er erzählen sollte, und notierte es sich, zumeist nur ein paar Worte, um sich die Grundzüge merken zu können. Die anderen hatte alle ihren eigenen Platz. Der Islamische – nehmen wir an, er war tatsächlich einer – übte sich in Kalligraphie und las die *Nahdj-ol Balaghe*.[30] Bahrami machte Seilspringen, und Djahangir war ebenfalls mit irgend etwas beschäftigt. Manchmal wusch er seine Kleider, und ein anderer, der an der Reihe war, blieb in der Zelle, um das versteckte Buch zu lesen. Bis zuletzt hatte er nicht herausgefunden, wo sie es versteckt hielten, wenn die Wachen zur wöchentlichen Inspektion kamen. Auch für ihn hatten sie Lesezeiten festgelegt.

Wieder krümmte er sich. Einer von ihnen sagte: »Haben die dich übel geschlagen?«

Dann nannte er seinen Namen, aber er konnte ihn sich nicht merken.

Sarmad sagte: »Wir unterhielten uns gerade.«

Und wieder sprach ein anderer, und so lernte er sie alle kennen. Beim Essenfassen oder wenn sie sich in die Schlange zur Toilette und manchmal zur Waschung stellten, erfuhr er, wer was getan hatte. Warum erzählten sie es ihm?

»Ich habe niemanden verraten und werde es niemals tun. Sie sagen, wenn du die Reueerklärung unterschreibst, lassen wir dich frei. Aber sie lügen. Dann geht es weiter, wenn du wirklich bereut hast, sag uns die Namen und dann sogar … Weißt du, manche sind inzwischen regelrechte Verhörbeamte geworden, wie mein eigener Freund. Inzwischen quetscht er mich aus.«

Oder wiederum … Wieviel dergleichen gab es eigentlich noch? Es war nachts, als anscheinend derselbe ihm eine Nadel gab und sagte: »Damit kannst du deine Gedichte auf alles schreiben, was dir zwischen die Finger kommt.«

»Ich habe kein Papier.«

»Das findet sich schon. Wie wär's mit deiner Zigarettenschachtel?«

Zu dritt hatten sie sich auf die Seite gelegt, und einer stand oder hockte sich hin, bis er mit dem Schlafen an der Reihe war. Sarmad sagte: »Um Gottes willen, redet nicht.«

Als er an der Reihe war, sich zu ihren Köpfen niederzuknien, sagte einer: »Kannst du dich an ein Gedicht oder ähnliches erinnern?«

Er antwortete: »Bitte, laß mich in Frieden und schlaf.«

»Morgen oder übermorgen werde ich hingerichtet. Das Urteil ist schon verkündet worden.«

Den Kopf auf die Knie gestützt, fing er mit dem ältesten Gedicht an, das in dieser Sprache geschrieben wurde:

*Des Lebens freu dich mit der Schwarzäugigen,*
*denn nichts als Traum ist die Welt und Wind.*
*Was morgen wird, soll dich nicht grämen,*
*und was längst verflossen, vergiß geschwind.*
Und er rezitierte bis zu dieser Strophe:

*Weh mir, nur Wind und Wolken, das ist diese*
*Welt,*
*reich mir den Kelch, denn nicht das*
*Kommende zählt.*[31]

»Laßt uns schlafen«, grollte Sarmad.

Ein anderer sagte: »Wir hatten doch wirklich keine Zeit dafür.«

Er sagte: »Anstelle der Schwarzäugigen kann man alles mögliche einsetzen. Eure Schwarzäugige war vielleicht die Partei oder eure Organisation.«

»Und was ist mit deiner?« fragte Sarmad.

»Ich bin nur ein Dichter, das ist alles«, sagte er.

Und wieder sagte der erste, wie hieß er noch mal: »Sag es noch einmal für uns auf. Wie hieß es?«

»Ghasele«, sagte er. [32]

»Genau das, sag es auf.«

Er tat es.

Ein anderer fragte: »Meinst du also, daß wir das aufsagen können, wenn sie uns an die Wand stellen?«

Es klang, als ob Bahrami gesprochen hätte. Bahrami sagte immer: »Diese Dichter und Schriftsteller reden doch nur. Ich meine nicht dich. Ich selber bin ja anfangs durch derartiges da hineingeraten. Und ich bereue nichts von alledem. Aber später merkte ich, daß all dies nur die Mittel waren zum Erreichen unserer Ideale.«

»Welcher Ideale?« hatte er gefragt.

Erstaunt hatte er ihn angeblickt. Später bekam er zehn Jahre, und im Februar 78 sah er ihn wieder, anscheinend trug er eine Waffe unter seinem Parka. Er hatte gesagt: »Was sagst du nun? Deine Bücher verkaufen sich doch gut.«

Jemand hatte sie mit weißem Einband veröffentlicht, und bald waren sie rar wie Gold.[33] Er konnte daraus vorlesen, so wie die anderen mit verbundenen oder weit aufgerissenen Augen vor den Brüdern stehend schreien konnten … »Nein«, sagte er. »Weißt du, manchmal muß man wählen.«

Jemand, sicher war es Sarmad, sagte: »Welche Wahl?«

Ein anderer trat ihm gegen den Fuß. Es war derselbe, der ihm die Nadel gegeben und auf dem Rückweg von der Waschanlage, rituell gereinigt, ihm sogar einen gefalteten Papierfetzen von der Größe eines Handtellers in die Tasche gestopft hatte.

Er sagte nur einmal noch die Ghasele auf und fügte dann hinzu: »Schlaft endlich.«

Als er an der Reihe war, setzte sich Sarmad an seinen Platz, und im Traum sah er wieder jene unendliche Wiese voller Zedern, wo die sanfte Brise nur an der fernen Bewegung der Baumwipfel abzulesen war. Und er war nirgendwo. Er wußte sogar, daß er nicht existierte. Vom Tritt eines Bruders wachte er auf. »Beten tust du ja nicht, aber willst du nicht austreten?«

Und dann war wieder Zeit für das Verhör. Als er zurückkehrte und die Augenbinde abnahm, war niemand da, nicht einmal Sarmad. Der Ruf zum

Abendgebet ertönte. Warum hatte er nichts gehört? Ging denn nicht das Gerücht, daß man die Gefangenen gleich hinter den Mauern oder sogar direkt hinter den Zellenblöcken umbrachte? Das Abendessen bestand aus Brot und einem Stück Käse. Die Ration war für zwei Leute. Und Tee hatte man in die alten Näpfe gegossen. Er hatte seine vorher gewaschen. So waren ihre Sitten. Nicht einmal die Sehnsucht nach einer Tasse warmen Tees wurde einem erfüllt. Hatte man die Freien nicht gleichermaßen versklavt? Also würde einer von ihnen zurückkehren, sicher Sarmad. Die drei Zigaretten gehörten ebenfalls zu seiner Ration. Als er nach Streichhölzern fragte, hatten sie gesagt: »Nur der eine Bruder hat welche. Wenn er kommt, sagen wir ihm Bescheid.«

Während des Verhörs hatte er seine erste Zigarette angezündet. Es war derselbe Hadj Agha.[34] Diesmal wollte er die Bedeutung der Gedichte erfahren. Außerdem die einer Ghasele, die nicht von ihm stammte. Sie wollten wissen, was beispielsweise mit der »zerbrochenen Zeder« oder dem »verwüsteten Garten« gemeint war. Diesmal saß er mit verbundenen Augen vor jemandem, der bestimmt einen Sack über dem Gesicht trug. Von unterhalb der Augenbinde sah er seine Hand. Er trug einen Achatring am kleinen Finger. Der Ärmel gehörte bestimmt zu einem Umhang. Woher sollten sie es wissen? Er hatte gehört, daß manche Schriftsteller und sogar Dichter nach Qom gingen, um sie zu unterrichten.[35] Wo brachten sie ihn hin? Ihn, dessen Fee nun ein Gipsengel war, in einen Sack gewickelt und in Plastik gehüllt. Er sagte: »Wenn du dich nicht kooperativ verhältst, müssen wir dich den religiösen Gesetzen gemäß auspeitschen.«

An jenem Tag geschah nichts. Es war am dritten Tag, an dem er wieder ausgepeitscht wurde, auf einem Bett liegend, Hände und Füße an die Eisenstäbe gefesselt und die Hiebe auf Fußsohlen und -knöchel. Sarmad zwang ihn, sich hinzulegen, stieg dann auf seinen Muskeln herum und massierte danach seine Füße. Er stützte ihn sogar, damit er in der Zelle herumgehen und mit den Füßen aufstampfen konnte. Über das Wiedersehen mit Sarmad hatte er sich gefreut. Er wußte nicht, wo die anderen waren. Er sagte: »Vielleicht hat man sie in die Gemeinschaftszelle gebracht.« Am nächsten Tag anscheinend stießen vier weitere Leute zu ihnen. Sarmad hatte ihnen gesagt, wer er war. Zwei von ihnen waren Brüder, keine Zwillinge, aber einander sehr ähnlich. Plötzlich sprangen sie auf, er verstand nicht, warum, und umarmten einander. Sie weinten und flüsterten einander Dinge zu. Er verstand nur, daß sie sich gegenseitig um Verzeihung baten. Einer schlief, und der andere setzte sich neben ihn hin. Danach wollte keiner von beiden mehr schlafen. Die ganze Nacht saßen sie neben den anderen, in den zwei entfernteren Zellenecken.

»Hat es sehr weh getan?« hörte er.

»Nicht so wichtig, Bruderherz.«

»Laßt ihr uns nun endlich schlafen oder nicht?« sagte Sarmad.

Er sagte es laut. Sie blieben drei Nächte. Wieder rezitierte er ein paar Gedichte und erzählte aus dem *Schahnameh*, gelegentlich eine Strophe einflechtend, an die er sich erinnern konnte.[36] Inzwischen konnte er mit geschlossenen Lippen reden. Dann schlief er sitzend ein. Selbst als er aufwachte und sie dort der Länge nach beieinanderliegen sah, störte er sie nicht. Auch den ganzen nächsten Tag saßen sie beieinander, mit einer Decke auf den vereiterten Füßen. Bei Sonnenuntergang standen sie auf und preßten die Ohren an die Mauer. Sie zählten. Er hörte es auch. Es war so, wie er es draußen gehört hatte, als ob ein Laster mit Eisenträgern entladen würde. Es klang wie von weit her, und sie zählten. »Dreiundzwanzig Leute«, sagten sie. Sarmad war nicht da. Manchmal brachten sie ihn zur Abendgebetszeit weg, und wenn er zurückkehrte, hatte er sich Gesicht und Hände gewaschen, manchmal war er sogar ganz naß.

Inzwischen wußte er, daß er in den Sumpf ihrer Rituale gefallen war. Einer hatte ihm seine lange Unterhose gegeben, ein anderer sein Unterhemd und noch ein anderer seinen Pullover. Jener letzte hatte auf sein Hemd gedeutet: »Damit kann man auch gehen.«

Für jeden, der ihn darum bat, rezitierte er jedes Gedicht, an das er sich erinnerte, stets bevor Sarmad auftauchte. Wenn er nicht gerade beim Verhör war, stach er sich die ersten Worte der Halbverse oder Strophen in den Papierfetzen und trug sie dann vor. Jedesmal blieb ihm nur Sarmad übrig, mit seinen schwarzen Augen, den Bögen seiner Augenbrauen, dem Flaum auf den Wangen und dem Grübchen am Kinn. Auch beim Hofgang, wöchentlich nur zwanzig Minuten, war Sarmad direkt hinter ihm. Er sprach nicht. Inzwischen kannte er ihn. Die wievielte Gruppe war es, als er das Märchen von der *»Schwarzen Saturnkuppel«* erzählte? Schon wieder war es Herbst geworden. Den Frühling hatte er überhaupt nicht gesehen. Nur an der Luft hatte er gemerkt, daß er gekommen war. Manchmal hatte sie von einem fernen Ort den Duft von Gräsern mitgebracht. Er zog den geschenkten Pullover aus und rollte ihn zu einem Kissen. Dann war anscheinend Herbst geworden, und wieder kamen alle paar Tage drei oder vier und einmal sogar fünf Leute dazu. Diese letzte Gruppe, alle von einer Organisation, war übel zugerichtet. Sie sprachen nicht. Zwei von ihnen trugen schwarze Hemden. Als morgens Sarmad zu einem von ihnen sagte: »Soundso« (er kannte seinen Namen), »gibst du mir dein Hemd?«, fiel es ihm wieder ein. Beim Abendessen, nachdem man ihnen die Schüsseln mit Wasser, ein paar Bohnen und etwas, das wie Fleisch aussah, gefüllt und sie sich niedergesetzt hatten, begann er, an die Wand gelehnt, die Geschichte zu erzählen. Den Beginn einiger Strophen hatte er schon mit der Nadel auf die Papierfetzen und sogar auf den weißen Rand eines Stücks Zeitung gestochen. Sogar ein Verhörformular hatte ihm einer von ihnen mitgebracht. Er sagte: »Wie auch immer es kommen mag, ich weiß inzwischen, daß sie euch morgen oder übermorgen wegbringen werden... ihr wißt es. Dennoch will ich euch eine der Geschichten der *Sieben Prinzessinnen* erzählen.« Und er begann:

*Es war einst ein König, glückselig und groß,*
*vereint waren Lamm und Wolf in seinem Schoß,*
*Manch Leid hat er erduldet und blieb*
                              *unverwandt*
*als Zeichen der Klage gehüllt in ein schwarz'*
                              *Gewand.*

Und dann erzählte er in Prosa von den Abenteuern des völlig in Schwarz gewandeten Derwischs und des Königs der Schwarzgewandeten, der Krone und Thron fahren ließ, um eine Stadt in China aufzusuchen und zu erfahren, weshalb der Derwisch schwarz gekleidet war. Auch von den dortigen Menschen erzählte er, die von Kopf bis Fuß in Schwarz gehüllt waren, ihm das Geheimnis aber nicht verrieten. Bis dahin, wo er mit einem edlen Metzger Freundschaft schloß und dieser ihn schließlich in die Einöde brachte. Als der König sich in den Korb setzte, hob er an:

*Kaum saß ich in des Korbes Weidenzweigen*
*ein Vogel ward er, begann in die Lüfte zu*
                              *steigen.*

*Durch ein Zauberwort in den Bannkreis*
*gezogen,*
*ward in den Kreis des Firmaments ich erhoben.*
Der König erreicht die Spitze des Turms und begibt sich mit Hilfe des Vogels an den Ort, wohin auch er in seinen Träumen gegangen war, insbesondere in den Träumen der vergangenen Monate. Dann erzählte er von der Ankunft der Feen, die Fackeln und Kandelaber und Kerzen trugen.
*Als die Nacht neu sich geschmückt,*
*den Purpur abgelegt und mit Indigo bestückt,*
*kam eine Brise auf, vertrieb den Erdenrauch,*
*eine Brise, sanfter als des Frühlings Hauch.*
*Eine Wolke kam auf, der Frühlingswolke gleich,*
*und streute auf die Gräser Perlen reich.*
*Als alle Wege gefegt und die Wasser sie*
*benetzten,*
*gleich einem Tempel füllten sie sich mit*
*lieblichen Götzen.*
Und schließlich erzählte er von der Feenkönigin, nein, der Sonne, die schwebend herankam und sich auf dem Thronsitz niederließ, und weiter von ihren Trinkzeremonien – Wein und Weinblättern, Leckereien und Lustbarkeiten – und von dem Mysterium, das jeder Strich im Kelch bedeutete, bis dorthin, wo die sonnengleiche Schöne ihn zu ihrem Throne lud. Mit gesenkten Köpfen hörten sie ihm zu. Sollte er ihnen auch vom Spiel ihrer Küsse erzählen, vom Gefangensein in den schlingengleichen schwarzen Locken oder von der Ver-

senkung in das Grübchen am Kinn? Als er dabei war zu erzählen, wie die sonnengleiche Schöne

*... sagte, mit Küssen begnüg dich heut nacht,*
*vergebens berühr nicht der Himmel*
                                        *Farbenpracht*

und ihn einer mondgleichen Schönen überantwortete, um seine Glut zu löschen, meldete sich plötzlich Sarmad:

Was soll dieses dumme Gerede? Wir sind doch nicht solcher Dinge wegen hier.«

Sogar als die anderen ihre Zustimmung erklärten, ließ er es nicht zu. Er tobte. Und schließlich stand er auf, klopfte an der Tür und beschwerte sich bei dem wachhabenden Bruder. Er sagte: »Wir sind jung und hatten auch Sehnsucht. Nie habe ich auch nur die Hand eines Mädchens berührt. Dieser Mensch hier läßt uns mit seinen erotischen Geschichten nicht in Frieden.«

Es kostete ihn einen Monat oder länger Einzelhaft in einer Dunkelzelle. Sarmad hatte nicht gesagt, welche Geschichte er erzählt hatte. Er tobte nur: »Wenn er auch nur einen Abend noch hier schläft, erwürge ich ihn.«

Die Fausthiebe und Fußtritte oder aber Beschimpfungen waren nicht wichtig. Er verstand nur nicht, warum ausgerechnet Sarmad so reagierte. Die gleiche Erfahrung hatte er schon gegen Ende 73 durchgemacht, zehn bis fünfzehn Tage lang. Man mußte nur ein Programm haben. Nach dem Frühstück bedeutete das: laufen, allerdings eine 8, um nicht schwindlig zu werden. Dann stand möglicherweise ein Mittagsschläfchen an, und wenn die Sonne schien, betrachtete er das Lichtspiel der Strahlen. Mit dem Mittagessen ließ er sich Zeit, und danach kam wieder Laufen oder Dichten, egal was. Ein paar der Gedichte, für die er noch immer bezahlte, waren das Ergebnis jener Gänge gewesen.

Er konnte sie sich merken, und als er wieder in die Gemeinschaftszelle verlegt wurde, waren ein paar seiner Zellengenossen bereit gewesen, sie auswendig zu lernen. Sie waren nicht übel.

Aber diesmal war er gezwungen, vom Morgen bis zur Abenddämmerung herumzusitzen, damit nach dem Abendgebet ein Laster ganz in der Nähe seine Eisenträger abladen konnte. Danach konnte er die Einzelschüsse hören. Manchmal hörte er sogar ihre Parolen. Offensichtlich wurden die Mädchen gleich hier, hinter seiner Zelle erschossen. Eines Nachmittags hörte er: »Ich will nur meine Mama sehen.«

Wie alt war sie denn? Nicht daß ihn am Ende seines Jahrzehnts statt einer Fee eine breitlippige, zähnefletschende Furie heimsuchte. Und Nacht für Nacht umtanzten ihn die *Diws*, in farbigen Unterröcken, mit Fackeln in den Klauen die Schellen schlagend.[37]

Warum hatte man ihm all das angetan? Etwa um dieser Unseligkeit durch die Dichtung Unsterblichkeit zu verleihen? War das überhaupt möglich?

Seine Nadel hatte Sarmad verraten ebenso wie die Papierfetzen, und jetzt besaß er nur noch ein Paar Latschen, den einen Pullover und die eine eigene Hose, die inzwischen an den Knien ausgebeult war. Sogar seine Jacke hatten sie ihm weggenommen.

Er mußte zählen, mußte Verse schmieden, um sich nicht zu übergeben. Welches Formular mußte er unterschreiben, welche seiner Taten bereuen? Für welche seiner Metaphern um Vergebung bitten? Den Hofgang hob er sich für den Nachmittag auf, dann, wenn der wachhabende Bruder nicht unbedingt darauf achtete, daß er irgendwo ganz allein in einer Ecke hocken blieb.

Im Gefängnis hatte Mas'ud Sa'd Salman durch die Kuppelöffnung die Sterne betrachtet und nach Unterweisung durch Bahrami Astronomie studiert. Und doch hatte er sich gelegentlich mit dem Wächter, einem häßlichen Schweinsgesicht, anfreunden können. Was jedoch konnte er mit diesen hier anfangen? 1973, am zehnten oder fünfzehnten Tag seiner Einzelhaft, hatte er plötzlich ein Phantasiespiel begonnen. Die Flecken auf den Wänden und der Decke stellte er sich als Fackeln vor. Ein, zwei Tage später entdeckte er, ganz plötzlich, einen Clown in den Zotteln des Kelims, mit zweigeteiltem Bärtchen und Trompetenhut. Nur aus einem bestimmten Blickwinkel wirkte er wie ein Clown, blieb jedoch in seiner Erinnerung so bestehen. Nun waren dieser scheinbare Platzregen, dann gelegentliche Einzelschüsse und dann das Geräusch von Wasser, das offenbar mit scharfem Strahl verspritzt wurde, seine nächtlichen Gefährten.

Das Gute daran war diesmal, daß die Verhöre ein paar Tage später wieder begannen, stets nach dem Frühstück. Nun wollten sie sein ganzes Leben kennenlernen, von Anbeginn bis genau hierhin, wo er, die Augenbinde hochgezogen, mit dem Rücken zu dem Verhörbeamten saß. Hier gab es niemanden in den Korridoren. Er trug zwar eine Augenbinde, aber der Verhörbeamte, wieder ein Hadj Agha, stülpte sich keinen Sack über den Kopf. Er sprach bedächtig, wie sie es oft taten, als ob sich jeder von ihnen seinen individuellen Stil mit speziellen Pausen oder gar besonderen Betonungen geschaffen hätte. Dieser hier stockte zumeist mitten im Satz, als ob der Rest derart bedeutsam wäre, daß der Zuhörer ihn erst nach langer Konzentration zu hören bekommen dürfte. Schließlich stellte sich heraus, daß er Besuch hatte. Man hatte ihm ein Bündel Kleider gebracht, mit seinem Namen darauf. Es war Farkhondehs Schrift.

»Kann ich sie sehen?«

»Sie ist doch nicht hier, sie hat es schon vor langer Zeit gebracht.« Er blickte zum Bruder Revolutionswächter an der Tür: »Ja, vor einem Monat hat sie es gebracht.« Am Aufkleber konnte man es erkennen, und er sagte: »Aber ihr …«

Als sich die Pause in die Länge zog, sagte er:

»Entschuldigen Sie, Hadj Agha, aber offengestanden ...«

»Halt dein Maul!«

Hinter seinem Rücken war es gesagt, und als Fortsetzung oder Einleitung war ihm ein Tritt versetzt worden: »Du hast nicht das Recht, dem Hadj Agha dazwischenzureden.« Hadj Agha sagte: »Ja, wie ich soeben sagte ...«

Diesmal trat die Pause hier ein, aber sie hatte ein Nachspiel. Vielleicht war es immer so gewesen. Genau das wollte er nicht, diese Zweifaltigkeit, eine heilige und eine physische Hand, die abwechselnd niederfuhren. Und alle ihre Dichtungen beschränkten sich ebenfalls auf diese beiden Ebenen. Vermutlich hatte Nima dies begriffen, so daß er nicht mehr – oder kaum noch – doppelbödig dichtete. Aber er selbst, in all seinen Gedichten seit Beginn der Siebziger, hatte nur diese beiden Ebenen, und zumeist war die äußere nur ein Vorwand. Wo war der sechseckige Diamant oder gar der Kronleuchter mit all seinem Kristallgehänge, den er in diesem Stalaktitengewölbe aufhängen wollte? Wo hatte er ihn schon gesehen? Hadj Agha sagte gerade: »Sie können telefonisch mit Ihrer Familie sprechen. Sagen Sie nur, daß es Ihnen gutgeht, oder ähnliche Dinge.«

Er schob ein Blatt vor ihn hin. Parataktisch stand darauf: »Mir geht es gut. Es war ein Mißverständnis. So Gott will, wird alles bald in Ordnung kommen. Wie geht es den Kindern? Ich werde

Euch ausführlicher schreiben. Ihr braucht nicht zu kommen. Keine besonderen Vorkommnisse.«

Hieß das also, daß jenseits der Landesgrenzen etwas geschehen war? Hatten die befreundeten oder ausländischen Radiosender etwas verbreitet? Neue Haut war über seine Fußwunden gewachsen. Er hatte gesehen, wie sie einmal jemandes Füße mit der Haut vom Oberschenkel geflickt hatten. Die Freunde nannten ihn »Flickfuß« und lachten, und dann gelangten mit jeder weiteren Dämmerung die Sorgen um die Flicken oder gar um die Nierendialyse an ihre allerletzte Pause, an das Abladen der Eisenträger. Nein, das reimte sich mit den Suren, die aus dem Radio erklangen, oder besser, mit dem Refrain der Alrahman-Sure: »Welche der Wohltaten eures Herrn wollt ihr denn leugnen?«[38] Damit hatte es sich. Was ging das die anderen an? Besonders erzürnt war er über all jene, die die Menschen hier nach Tausenden und manchmal Millionen zählten, sich selbst jedoch nur als einzelne.

Hadj Agha öffnete seine Akte und zog seine Papierfetzen heraus. »Aber erst sagen Sie mir, was diese Nadelstiche bedeuten.«

Er sagte: »Es sind die Anfangsworte von Nizamis Versen, seinen *Sieben Prinzessinnen*. Vielleicht sind sie unter meinen Büchern. Sie haben sie hergebracht.« Er brachte es nicht übers Herz, all die Strophen zu rezitieren, die ihm beim Anblick jener Anfangsworte wieder ins Gedächtnis kamen.

»Sind das keine Geheimcodes?«

65

»Nein, Hadj Agha. Geben Sie Anweisung, die *Sieben Prinzessinnen* herzubringen. Ich werde Ihnen zeigen, am Beginn welcher Zeile jedes einzelne Wort steht.«

Er riß ihm die Papiere beinahe aus der Hand und sagte: »Nun nehmen Sie den Hörer ab, und rufen Sie an. Vergessen Sie nicht, was ich Ihnen gesagt habe.«

Er sagte genau das. Es war Farkhondeh. Sie weinte die ganze Zeit und sprach kein einziges Wort. Dann hörte er die Stimme seiner Tochter Mah. Sie bereitete sich auf ihr Abitur oder vielleicht auf die Zulassung zur Universität vor. Aber er wußte, daß man sie nicht aufnehmen würde. Wie wäre es möglich, daß die Auswahlkommission der Kulturrevolution ihren Familiennamen ignorierte?[39] Sie sagte: »Papa, uns allen geht es gut. Denk an dich selber.«

Seine Zohreh müßte nun bald vierzehn sein. Wann war ihr Geburtstag? Am wievielten März? Er sagte: »Bist du es, mein Liebstes? Wie geht es dir? Wie viele Monate sind es noch bis zu deinem Geburtstag?«

Die Leitung wurde unterbrochen, und eine Stimme kam von irgendwoher aus dem Hörer: »Keine überflüssigen Gespräche.«

Sie wurde nicht wiederhergestellt. Die folgenden Sitzungen waren alle der Frage gewidmet, warum er seit 1978 nicht mehr gedichtet hatte. Nicht einmal über den Krieg, mit so vielen Jugendlichen, die aus Liebe zum Märtyrertod an die Front gezogen waren?

Er hatte ihre *Hedjlehs* gesehen und im Fernsehen die vielen Leute, die fahnenbewehrt, mit einem roten Band um die Stirn auf die Kamera zugerannt waren. Wo stellte man ihre *Hedjlehs* auf? Er wußte es, oder vielleicht war es ein Gerücht, daß nach jeder Karbala-Operation die *Hedjlehs* teurer wurden, und er hatte noch nicht einmal ein schwarzes Hemd. Er sagte: »Tut mir leid, ich habe den Krieg nur im Fernsehen gesehen. Einmal bin ich auch bis nach Ahwaz gefahren, sogar bis Susangerd, das wir gerade zurückerobert hatten …«

Damit war das Maß voll. Er wurde sogar ausgepeitscht, nur weil er gesagt hatte: Karbala. Es war nach Karbala Drei gewesen, mit Hilfe eines Kameramanns vom Fernsehen. Er verschwieg es und sagte nur: »Ich bin bis nach Ahwaz und dann wie jeder normale Mensch mit dem Minibus nach Susangerd gefahren. Ich blieb dort nur eine Nacht, ich wollte sehen, was vor sich ging.«

»Und wo ist das Gedicht dazu?«

Hätte er über die Dattelpalmen dichten sollen, die nackte Stümpfe waren, eingerammt in den Boden, und selbst die hatten sie von allen Seiten unter Beschuß genommen? Oder aber über den einen, den sie in Susangerd aus Versehen hingerichtet hatten und für den sie dann das Blutgeld zahlen wollten?

Wieder einmal war es Sarmad, der auf seinen

Beinen herumstieg. Warum hatten sie ihn in seine Zelle gebracht? Er trug ein schwarzes Hemd, Jeans und einen Pullover, den er noch nie gesehen hatte, und hatte einen Parka. Der hing an der Wand.

Er sagte: »Von heute an bringen sie uns auch Zeitungen«, und zeigte sie ihm. Er sah nicht hin.

»Deinetwegen habe ich darum gebeten. Normalerweise verteilen sie Zeitungen nur in den Gemeinschaftszellen. Sieh mal, was man alles damit anstellen kann.« Er gab ihm eine lange Röhre in die Hand. Sie war stabil. »Hier will ich ein Kästchen hinbauen. Ich habe es anderswo gesehen.« Der Nagel für seinen Parka bestand ebenfalls aus einem Stück eingerolltem Papier.

»Reg dich nicht auf, für dich bleibt genug Papier.«

Er sprach unbekümmert, sogar laut. Er sagte: »Ich habe beantragt, zu dir zu kommen, das heißt, in Wahrheit habe ich mit einem dieser Leute aus der Gemeinschaftszelle gestritten.«

Er zog den Kragen seines Pullovers herunter. Kratzspuren waren zu sehen.

»Er wollte mich erwürgen. Nur in dieser Zelle war Platz. Es ist nicht gerecht, daß du ganz allein eine so große Zelle belegst, während in der gleich nebenan mindestens fünf Leute sitzen.«

Er sagte: »Sind die alle zur Hinrichtung da?«

»Nein, zum Verhör.«

Er rollte gerade eine Zeitung zusammen, ganz exakt, und sagte: »Was die nicht alles aus diesen

Zeitungen basteln.«

Was wollte er von ihm? Er kniete sich auf den Boden, ihm gegenüber. Jetzt, nachdem er das Weinen von Farkhondeh gehört hatte, die Anweisung von Mah und sogar die Empfehlung von Zohreh, war er stärker geworden. Zum Teufel mit jener Feengesichtigen oder vielleicht auch Medusa. Er fragte: »Sag mir die Wahrheit, warum läßt du mich nicht in Frieden?«

»Ich?«

Er sagte: »Hör auf damit! Sieh mich an!«

Er tat es. Was für ein rundes Gesicht er hatte. Nun gut, zusätzlich wirkte der Haarflaum wie eine schwarze Aureole um die blütenweißen Wangen und die Stirn. Die Augen waren groß und die Lippen tiefrot und schmal. Seine Unterlippe zuckte. Die Unruhe auf seinem Gesicht ging vom linken Mundwinkel aus.

Er sagte: »Du weißt, ich bete nicht, also kann man mich vielleicht nicht einmal mit gereinigten Händen anfassen, aber du ...?« [40]

»Ich habe es selbst beantragt.«

»Als ob die sich um unsere Anträge kümmern würden?«

»Manchmal.«

Er wartete, bis das Zucken der Unterlippe sich legte. Er trug sogar ein Grübchen am Kinn. Und hätten sie ihm erlaubt, sich die Haare wachsen zu lassen, Locke für Locke auf den Rücken fallend, und hätten sie diesen frisch gesprossenen Flaum der Klinge des Barbiers übergeben, er gliche dem Ebenbild des Allerliebsten. Was hätte Farrokhi nicht für ihn gedichtet, wenn er noch lebte. [41]

Er sagte: »Ehrlich gesagt, hatte ich was mit Ihnen zu besprechen.«

»Später!«

Sarmad deutet auf die übriggebliebenen Zeitungsseiten: »Wollen Sie die nicht lesen?«

Schon lange vor dem Aufstieg zu diesem Turm, der an den Mond grenzte, oder dem Absturz in jene Schlünde des Fegefeuers warf er nicht einmal mehr einen Blick auf die Schlagzeilen. Bestimmt war wieder vom Krieg die Rede. Es war Februar. Nur das zählte für ihn.

Sarmad sagte: »Siehst du, für die draußen scheinen wir gar nicht zu existieren.«

Er sagte: »Stimmt, für diese Zeitungen nicht.«

»Nein, früher berichteten sie darüber, jetzt nicht.«

Jemand klopfte zweimal an die Tür. »Keine Gespräche.«

Sarmad sagte: »Versuch doch zumindest, deine Gebete zu sprechen.«

»Für diese da oder für Gott?«

»Früher habe ich ja für Ihn gebetet, jetzt eher für Hadj Agha, den du allerdings nicht gesehen hast.«

Die zweite Röhre war ebenfalls fertig, und er umwickelte sie oben, unten und in der Mitte fest mit einem Stück Bindfaden.

Das war's. Sarmad sah ihn nicht mehr an. Und er

selbst sagte ebenfalls kein Wort. Am nächsten Tag, als er nach Einbruch der Dämmerung zurückkehrte, sagte Sarmad, auf seinen ausgepeitschten Füßen herumlaufend: »Siehst du, es hatte keinen Zweck.«

»Was?«

Er sagte es nicht. Von seinem verschlissenen Hemd riß er einen Streifen ab und wickelte ihn um seine Fußwunde. Er sagte: »Deines ist schon ganz fadenscheinig.« In der Nacht betete er nicht. Er sagte: »Ich habe meinen Glauben noch, aber weißt du, im Islam gibt es etwas, für das es keine Vergebung gibt.«

»Was?« sagte er.

»Du wirst es schon noch merken.«

Nachmittags zwang er ihn sogar, die Acht zu gehen. Er sagte: »Du kommst frei. Du hast doch nichts angestellt, schlimmstenfalls ein paar Gedichte gereimt. Wenn sie dir nicht erlauben, deine Bücher zu veröffentlichen, wenn sie nicht zulassen, daß irgendwas von euch erscheint, dann bedeutet das die Hinrichtung. Das wissen die doch.«

»Wie? Woher?«

»Du weißt doch, ich bin ein Bereuender.«

Er hatte es gehört.

Nachts, als sie sich nebeneinander ausstreckten, sagte er: »Ich habe sehr viel gelesen, deine Werke allerdings weniger. Mit zwölf, dreizehn hat mich mein Bruder darauf gebracht. Er wurde hingerichtet. Er selbst war es, der mich verraten hat. Aber bereut hat er nicht. Dazu war er nicht bereit. Aber wir sind nicht wie jene beiden Brüder geworden. Erinnerst du dich an sie? Sie hatten sich geschlagen. Mein Bruder war eigensinnig. Er mußte jemanden nennen und hat mich genannt. Er dachte, ich sei achtzehn, mich würden sie laufen lassen. Er hatte keine Ahnung. Erinnerst du dich, sie hatten sogar eine Fetwa erlassen, die Leute direkt auf der Straße zu exekutieren. Jeden Tag brachten sie hier oder dort ein paar um. Die Geheimunterkünfte beschossen sie mit Panzerfäusten. Nun ja, ich konnte es nicht. Es klappte nicht. Als ich den verstümmelten Körper meines Bruders sah, war Schluß für mich. Sie haben mir, wie sie es nennen, nur paar Mal die Füße ein paar Nummern größer gemacht. Es reichte mir. So kam es dazu. Nein, von alledem wollte ich dir nicht erzählen. Ich bin nur zu dir gekommen, weil ich den Rest der Geschichte hören wollte. Du erinnerst dich doch daran?«

»Warum hast du dann in jener Nacht so gehandelt?« sagte er.

»Ich hab's doch gesagt.«

»Was hast du gesagt?«

Er hatte sich umgedreht, ihm nun zugewandt. Im Schein des Deckenlichts hatten sich seine Wangen leicht gerötet. Nein, sie waren purpurn, oberhalb des schattigen Bartflaums.

»Weißt du, ich habe sogar …«

Er sagte es nicht. Seine Augen blieben geschlossen. Vielleicht wartete er auf ein Klopfen an der Tür. Wie rasch hatten die hier das Ende ihres Jahrzehnts erreicht, und wie sehr sehnte er sich nach dem Ende des seinigen. Wie leicht es sein würde! Keine täglichen Sorgen würden ihn mehr martern, vor allem nicht der Stachel, wie, was und warum überhaupt er nicht dichtete. Die Sorgen um Brot und Miete, die Scham vor Zohreh, Mah und sogar seiner Frau konnte er in den Schleier eines Gedichts hüllen. Aber was war mit ihm selbst? Wie konnte er dieser Epoche gerecht werden und von der Essenz all dieser Jahrzehnte und Jahrtausende Zeugnis ablegen bis Ende März? Für ihn selbst blieb doch keine Zeit mehr, und nun war der hier gekommen, um vielleicht in dieser letzten Nacht ... Erwürgen müßte er ihn. Er drehte ihm den Rücken zu und sagte: »Ich bin schläfrig.«

Er zuckte unter der Decke mit den Schultern. »Lüg nicht. Mit wundem Rücken oder wunden Füßen kann man nicht schlafen.«

Immer noch ihm den Rücken kehrend, sagte er: »Laß mich in Frieden!«

»Ich bitte dich, erzähl doch. Ich hatte gebeten, daß sie mir die *Sieben Prinzessinnen* bringen. Sie hatten sie nicht. Sie sagen, sie hätten all deine Bücher in den Reißwolf gesteckt. Ich hätte meine Mutter zu Besuch haben können. Ich wollte es nicht. Ich sagte: ›Laßt mich zumindest mit ihm zusammen sein.‹ Zum Lohn für alles, was ich für sie getan hatte, willigten sie ein. Sie beschuldigten mich sogar... du weißt schon, weswegen.«

Er drehte sich wieder um: »Sag mal, morgen

abend, bin ich da an der Reihe, oder du, oder wir beide. Sag die Wahrheit!«

»Du? Du Armer! Du wirst überleben. Keine Sorge. Du wirst einen Anfall kriegen oder vielleicht wird soviel Harnsäure in deinen Adern kreisen, daß du wünschen wirst, du wärest tot.«

»Also bist du an der Reihe?«

»Auch das ist nicht klar. Klar ist nur, daß sie mich nicht freilassen. Ich weiß es. Weißt du, ich hab nichts ausgelassen, sogar meine Verlobte hab ich angegeben. Sie war erst fünfzehn. Das heißt, als man sie hier hingerichtet hat, war sie fünfzehn.«

Er sagte: »Ich hätt' auch nichts dagegen, aber ich habe Dingsda, weißt du … die Kinder, meine Frau … so viele unveröffentlichte Gedichte, ja, sogar ungesagte. Ich will diese Regierungen nicht mehr bekämpfen, nicht einmal gegen sie zeugen. Natürlich habe ich das in jenem *Verfluchten Jahrzehnt* getan, aber jetzt will ich es wiedergutmachen. Ich wurde betrogen. An die zehn Jahre waren meine Zuhörer nur solche wie du. Jetzt erkenne ich, daß ich mit mehr als vierzig Jahren nichts gedichtet habe, nicht einmal für mich selbst.«

Etwas, dachte er, nach dessen Lektüre man *nicht* den Abzug im eigenen Mund drücken will.

»Du sagtest gerade …«

»Ihnen habe ich es auch gesagt. Vielleicht haben sie mir gerade deshalb dich beschert oder mich in jene verdammte Zelle gesteckt. Wie viele waren es?«

»Wer denn?«

»Die, die sie in der Dämmerung wegbrachten.«

»Ich hab nicht gezählt. Ich war für die nicht verantwortlich.«

»Also, dann laß mich schlafen.«

»Ich bitte dich.«

Er sagte: »Du weißt, daß ich mich an die Gedichte nicht erinnere. Die Anfangsworte der Halbverse hast du selber verraten. Ohne den ursprünglichen Text macht es keinen Spaß.«

Er fragte: »Was bedeutet *den Purpur abgelegt und mit Indigo bestückt*?«

Aus Bosheit sagte er: »Indigo ist die Schwärze der Nacht und Purpur eben die Abendröte.«

Dann begann Sarmad zu zitieren:

*Kam eine Brise auf, vertrieb den Erdenrauch,*
*eine Brise, sanfter als des Frühlings Hauch.*
*Eine Wolke kam auf, der Frühlingswolke gleich,*
*und streute auf die Gräser Perlen reich.*
*Als alle Wege gefegt und die Wasser sie*
                            *benetzten,*
*gleich einem Tempel füllten sie sich mit lieblichen*
                                 *Götzen.*

Und sagte dann: »Wie war es?«

»Was für ein Gedächtnis du hast«, sagte er.

»Mit genau diesem Gedächtnis habe ich viele hier reingebracht. Am schlimmsten war es mit meiner Verlobten. Wie nanntest du sie noch mal? Die Sonnengesichtige? Sie haben mich sogar mit ihr konfrontiert. Ans Bett hatten sie sie gefesselt, die

Hände an die Eisenstäbe der einen Seite und ihre verstümmelten Füße an die der anderen, so daß sie in der Luft hing. Ich war gegangen, um ihr zu sagen, daß es keinen Zweck hat. Sie war bewußtlos. Ich lockerte ihre Handfesseln etwas, damit ihr Bauch das Bett berührte. Sie öffnete nicht mal die Augen. Sie sagte nur: Wasser. Alle wollen sie Wasser. Wasser ist in solch einer Situation Gift. Ich selbst hatte auf der Toilette aus der Wasserkanne getrunken. Mit der Wasserkanne gab ich ihr zu trinken. Damit sie vielleicht zu Bewußtsein käme. Sie wurde nicht satt davon. Wollte immer noch mehr. Sie öffnete die Augen, erkannte mich aber, ich glaube, nicht. Ich ging und sagte zu ihrem Verhörbeamten, daß sie vielleicht krepiert. Er ließ nicht mal einen Pfleger kommen. Du weißt, daß wir hier manchmal sogar Hinrichtungen durch Auspeitschung haben.«

Dann sagte er: »Wir hatten uns geirrt. Verstanden wir Gottes Wort besser als Sheikh Ansari, Naraqi oder Kalini? [42] Nun ja, wir waren Eklektiker. Das hab ich begriffen, akzeptiert. Aber das reichte nicht. Ich mußte es beweisen.«

Er sagte: »Warum erzählst du mir diese Dinge?«

»Erzähl den Rest der Geschichte, und ich hör auf damit. Dann können wir beide schlafen, das heißt, du kannst schlafen.«

Er sagte: »Und morgen wirst du gehen und ihnen all das berichten?«

»Was denn? Daß du Dichter bist? Daß du leben

willst? Noch etwas Zeit zum Dichten brauchst? Die Gedichte, die du noch nicht geschrieben hast, die noch nie jemand geschrieben hat, damit man später eine Straße nach dir benennt?«

Er gab keine Ruhe. Als ob er verrückt geworden wäre. Er weckte ihn, selbst wenn er einnickte. »Dann rezitier doch zumindest einen Vers. Ein paar Zeilen nach der Stelle, wo eine Magd den König der Schwarzgewandeten auf den hohen Thron geleitete.

*Neckend ergriff meine Hand ein Mägdelein,*
*zum Thron mich geleitend und kehrte heim.*

»Du nimmst mich auf den Arm, du hast es gelesen.«

»Glaub mir, ich hab's nicht. Sie haben mir nur deine gestichelten Papierfetzen gegeben. Ich hab's ihnen erklärt. Wort für Wort hab ich sie ihnen vorgelesen und gesagt, daß du sie bis hierhin vorgetragen hättest und daß der Rest nur die Anfänge der Strophen wären.«

»Was hast du sonst noch getan?«

»Erst wenn du zum Bereuenden wirst, merkst du, wie weit man gehen kann.«

Dann rollte er sich herum und setzte sich auf. »Du kannst dich beim Bruder Revolutionswächter über mich beschweren. Das ist zumeist der erste Schritt. Deshalb sind sie ja mit der Rationierung von Zigaretten, Essen und Austreten so schrecklich streng. Man muß sie darum anbetteln.«

Er setzte sich auf, ebenfalls mit dem Rücken gegen die Wand, und zog die Decke über seine Beine.

Sarmad fragte: »Hast du Zigaretten?«

»Eine.«

»Wie wär's, wenn wir sie gemeinsam rauchten?«

Er hatte immer noch jenes Zündblatt und wieder die Hälfte eines Streichholzes. Er fragte, wie man ein Streichholz halbieren könne. Er sah zum Fenster hoch. Bis Sonnenaufgang waren es vielleicht noch drei oder dreieinhalb Stunden. Als er Sarmad die Zigarette zum Anzünden gab, glaubte er nicht, daß er sie erst ihm geben würde. Sarmad aber sagte: »Rauch' du zuerst.« Dann blies er den Rauch gegen die noch dunkle Öffnung.

*Heilige Frühe weißen Stabes,*
*Aus den Brettern ihres Grabes*
*Laß den neuen Weg sie sehn.*
*Durch Folterhand erkannten diese*
*Die schlimmste Kraft des Bösen, doch*
*Sind sie standhaft geblieben.*
*Mit Tugenden sind ihre Körper bedeckt*
*wie mit Wunden.*[43]

Er lachte und fragte: »Von wem war das?«

»Paul Éluard.«

Dann sagte er: »Beim Rauchen darfst du nicht sprechen. Ich bin an der Reihe. Siehst du, mein Körper ist von Wunden bedeckt, von alten, tausend Jahre alten.« Und dann sagte er, daß sie ihn während dieser ganzen Zeit, das heißt in dem einen Jahr, besonders zuletzt, manchmal jeden Tag, dann wieder alle paar Tage einmal weggebracht hätten, zur Abenddämmerung, damit er den Schwestern den Fangschuß geben konnte. Er sagte: »Ich stand in einer Ecke, und dann, nachdem sie sie niedergemäht hatten, gab ich jeder einzeln einen Schuß in den Kopf, das heißt auf das Kopftuch. Und dann, wenn ich sie mit dem Wasserschlauch abgespritzt hatte, hob ich sie auf und warf sie auf den Leichenwagen zum Abtransport. Tag für Tag unterschiedlich, manchmal zehn bis zwölf, manchmal sogar zwanzig. Gelegentlich waren es auch nur zwei oder drei am Tag. Schwierig wurde es dann, wenn ich sie zum Leichenwagen tragen mußte. Nun ja, ich hatte einen Parka, hab ihn immer noch, zum Anziehen für draußen. Und dann wusch ich das Blut weg und stellte mich vor den Ofen zum Trocknen. Aber schließlich war es der Körper einer Frau, einer jungen! Ich hatte meinen Glauben, hab ihn immer noch. Wir haben uns geirrt. Wir müssen dafür bezahlen. Den Fangschuß hab ich voller Hingebung und mit Sorgfalt gesetzt. Aber dann war manchmal, obwohl ich soviel Wasser vergossen und Blut weggewaschen hatte, der Körper immer noch warm. Manchmal verrutschten ihre Kopftücher. Selbst wenn auf einer Seite des Gesichts ein Loch klafft, ist immer noch etwas von einer Lippe oder Wange übrig. Verstehst du? Und noch warm. Besonders die Haare waren schwierig. Sie wurden naß, ich konnte sie nicht richtig unter die Kopftücher schieben. Und wehe, wenn der Schuß einen oder zwei Knöpfe des Mantels getroffen hatte. Zwei-, dreimal ist es passiert. Die Kugeln durchlöchern die Brust, den Rücken aber zerfetzt es. Zunächst war es der Vorwand, ihr Äußeres zu richten, aber dann richtete ich mehr als nötig. Ja, es war eine Angewohnheit geworden. Dann, eines Tages, als ich eine von ihnen umfaßte, um sie auf die anderen zu werfen, kam es so, wie du es gesagt, vorgetragen hast.«

Er schob die Zigarette rüber. Die Glut hatte noch nicht die Hälfte erreicht, aber er gab sie Sarmad, damit er vielleicht aufhörte zu reden, und fragte: »Wie waren die Anfangsworte?«

Sarmad sagte: »Die Köpfe, den Busen, eine Perle …«

»Ich erinner mich nicht mehr, glaub mir«, sagte er.

Er sagte: »Hab keine Angst. Gegen dich haben sie nichts mehr. Sie wissen es. Das heißt, ich hab's ihnen gesagt. Angenommen, du würdest sagen, daß sie Leute exekutieren, egal. Alles, was du nur in Anspielungen ausdrückst, schreiben die offen in ihren Zeitungen. Ich hab sogar gehört, daß die Brüder gelegentlich, allerdings erst nachdem sie die Mädchen in Zeitehe geheiratet und die Ehe vollzogen haben, zu deren Familien gehen und sagen: ›Ich bin Ihr Schwiegersohn gewesen.‹«[44]

»Und was ist mit dir?«

»Ich hab's doch gesagt. Ich bleibe hier, für immer. Vielleicht auch werden sie eines Tages, wenn ich gerade mit dem Schlauch in der Hand dastehe und die Leichen abspritze, das Feuer auf mich eröffnen. Spuren wollen die doch keine hinterlassen. Erst gestern schrie einer von ihnen: ›Beeil dich, du Bastard.‹ Seine G3 hatte er auf mich gerichtet. Ich sagte ihm, sie ist noch am Leben. Nun ja, wenn er geschossen hätte, hätte ihn niemand zur Rede gestellt. Eines Tages werden sie schießen, davon bin ich überzeugt. Weil sie wissen, daß ich ein unglaubliches Gedächtnis habe. Soll ich dir die Namen all jener nennen, die in jene Zelle kamen und exekutiert worden sind?«

Er antwortete: »Die stehen in den Zeitungen.«

Sarmad sagte: »Nein, schon seit einiger Zeit veröffentlichen sie sie nicht mehr. Sie nennen nur die Zahlen. Aber das ist nicht wichtig. Das ist unser Gesetz, es ist in unseren Überlieferungen, unseren Traditionen. Eine Milliarde Muslime glaubt ebenfalls daran, zumindest den Worten nach. Was also kannst du ausrichten oder die, die jeden Tag hinter diesen Mauern ihre Parolen rufen und dann zu Leichen werden?«

Die Glut war fast am Filter angelangt. Er versteckte die Zigarette nicht mehr in seiner Hand. Er nahm zwei Züge nacheinander. »Du wirst freikommen, ganz bestimmt. Aber ich … Vielleicht, wenn das gestern nicht passiert wäre, hätte ich ihr Büroangestellter werden können, ein kleines Schräubchen in diesem riesigem Räderwerk. Ich wäre sogar ganz zufrieden damit.«

»Was ist denn passiert?«

»Willst du's jetzt also wissen?«

Und er streckte den Zigarettenstummel hin. »Komm, rauch den Rest auf. Vielleicht werde ich die Brüder ganz zuletzt bitten, mir eine Zigarette zu geben. Du siehst doch.« Er deutete auf das Fenster. Auf seine Augen hatte sich Indigo gelegt. Wann hatten sie die Lichter ausgemacht?

Er stand auf und ging zur Mauer, stellte sich mit dem Rücken dagegen und bildete einen Tritt, die Finger ineinander verklammert. »Komm, steig drauf. Es ist gleich dort gegenüber.«

»Was?«

»Mein Arbeitsplatz. In den Abenddämmerungen, gleich hier hinten, mache ich mich auf die Himmelsreise, auf die Nizamis König der Schwarzgewandeten ging.«

»Nein«, sagte er.

Er setzte sich genau dort unter der Luke hin. »Hast du Angst? Du hast ja recht. Inzwischen fürchte auch ich mich. Vor zwei Tagen, in der Abenddämmerung, stand ich etwas weiter weg. Fünf Mädchen waren aufgereiht, die Hände gefesselt und die Augen verbunden. Eine rief Parolen. Sie war genauso groß wie meine Sonnengleiche. Wie bei jedem Mal dachte ich, die hier, das ist sie, und glaubte, ihr kann ich keinen Fangschuß geben. Ich bin nicht näher gegangen. Die Brüder verrichteten ihr Werk. Stellten sich hin zum Reden. Nur die Spitzen ihrer Haarzöpfe hatte ich gesehen. Wir waren durch unsere Organisation getraut worden, aber ich hatte sie nie ohne Kopftuch gesehen. Sie war es. Diesmal war es anders. Ich weiß nicht, aber Hunderte oder Tausende Male hatte ich gedacht, hoffentlich ist sie es nicht, und hatte den Abzug gedrückt. Und nun war sie es wirklich. Sie war die dritte in der Reihe, eingerollt, und die Haare waren lang und an den Enden gelockt und, wie du sagen würdest, schwärzer als Pechblende. An den Locken erkannte ich sie. Sie hatten ihr Gesicht verhüllt. Ihr konnte ich keinen Fangschuß geben, streckte nur die Hand aus und strich die Locken beiseite. Sie war es. Ich feuerte einen Schuß neben ihr in die Erde und ging weiter. Als ich die vierte erreichte, drehte ich mich um. Sie sah mich an. Die Revolutionsbrüder waren gegangen, und der Leichenwagenfahrer befand sich wohl im Büro. Draußen war es bewölkt, du weißt doch. Als ich die fünfte erlöst hatte, ging ich meine Gummistiefel und den Parka anziehen und spritzte sie alle mit dem Schlauch ab. Ich dachte, sie würde sterben. Ich brachte sie erst als letzte weg. Als ich sie aufhob, öffnete sie die Augen und sah mich an, blaß über und über. Sogar ihre Lippen waren farblos, das Haar naß über dem langen Mantel, schwarz, aber am Körper klebend. Als ich sie auf die anderen vier Leichen bettete, merkte ich, daß ihr Körper noch warm war. Sie zuckte sogar mit dem Kopf, als ob sie mich nicht sehen oder erkennen wollte.«

Es war kein Wimmern oder Weinen, sondern wie ein Schluchzen, das wieder und wieder aus der

Tiefe eines Verlieses aufstieg. Vielleicht, um die Glieder dieser unendlichen Kette aus Schluchzern zu unterbrechen, sagte er: »Gehst du heute auch?«

»Nein, ich hab sie gebeten, mir eine andere Arbeit zu geben. Sie waren nicht bereit dazu. Wieder sprachen sie vom Bereuen und von den beiden Revolutionswächtern, die ich umgebracht habe.«

Wieder legte er den Kopf auf beide Knie, und aus der Tiefe des labyrinthischen Verlieses wand sich, Ruck um Ruck, die Kette aus Schluchzern heraus und immer weiter.

Sie klopften an der Tür. »Es ist Zeit zum Gebet, macht euch bereit.«

Die Augenbinden mußten sie umlegen und warten, bis die Schlange vor ihrer Tür ankam und sie sich dann hinter ihr in Gang setzen konnten, bis sie die Waschräume erreichten.

Sarmad sagte: »Du wirst freikommen, ich bin mir sicher. Komm, zieh du das an. Es paßt zu deinen Haaren.«

Er meinte nicht seinen Pullover. Sein schwarzes Hemd zog er aus. »Mach schnell.«

Warum hatte er es angezogen? Sarmad zog nur seinen Pullover an und sagte: »Wozu soll mir das Hemd noch nützen?«

Ellbogen und Manschetten seines eigenen Hemdes waren zerrissen. Er knüllte es zusammen und warf es in eine Ecke. Dann zog er seinen Pullover an und sein Jackett.

Sarmad sagte: »Also, ich geh dann. Aber denk

dran, du hast nicht den Rest aufgesagt. Du hast dir selber geschadet. Ich für meinen Teil werde ihn in der anderen Welt von Nizami selbst hören.« Er lachte.

Abends kehrte er nicht zurück. Das Geräusch vom Abladen der Eisenträger hörte er von ferne, ganz in der Nähe warfen sie nur einen einzelnen herab. Das Fenster war erleuchtet. Hände und Füße stemmte er gegen die Zellwände. Er war noch auf halbem Weg, als sie ihn herunterzogen. Sie schlugen ihn nicht. Hadj Agha fragte: »Was ist los? Was ist denn passiert?«

»Ich wollte die Abenddämmerung sehen.«

»Du wirst sie sehen, keine Angst.«

Er sah sie nicht. Der Himmel draußen war bewölkt. Zwei Tage später, im Wachraum, an der Tür, nahmen sie ihm die Augenbinde ab. Auch seinen Entlassungsschein stempelten sie ab. Es war der vierte Januar.

»Weiß meine Frau Bescheid?« fragte er.

»Komm, ruf sie an.«

»Nein, laß sein«, sagte er.

Er hatte kein Geld und fragte: »Soll ich zu Fuß gehen?«

Seinen Schlüsselbund, die Uhr und seine Brille gaben sie ihm ebenfalls. Die Uhr war stehengeblieben.

»Du kannst mit den Revolutionsbrüdern gehen, aber du mußt wieder … Du weißt ja …«

Sie setzten ihm die Augenbinde auf, kamen

zurück und fesselten ihn. Aber dieses Mal saß er zwischen zwei Revolutionsbrüdern, die in den Ecken saßen. Sie steckten ihm sogar eine Zigarette zwischen die Lippen. Bis er ankam, dachte er die ganze Zeit an jene drei Worte: »Die Köpfe, den Busen, eine Perle.« Er konnte sich überhaupt nicht mehr erinnern. Seine Augenbinde lösten sie genau vor seiner Haustür. Er winkte sogar. In der Gasse lief eine Frau mit schwarzem Mantel und Kopftuch vorbei. Es war niemand da. Die Plastikplane bedeckte den Engel. Als er die Tür zum Korridor geöffnet hatte, zog er seine Uhr heraus. Die Wanduhr stand auf halb zwölf. Er zog seine Uhr auf. Er mußte es sehen, lesen. Er riß den Pullover herunter und roch daran. Er hatte nicht mehr jenen Geruch. Er brachte es nicht übers Herz, das schwarze Hemd auszuziehen. Mußte er denn nicht nachmittags zur Trauerfeier von Amir Khan? Er warf sich einen Mantel oder dergleichen über die Schultern und ging in den Keller. Die Regale waren leer, aber der Tisch und sogar der Stuhl waren dort, wo sie immer waren. Und die *Sieben Prinzessinnen* lagen dort mitten auf dem Tisch, aber geschlossen und bestimmt mit einem Bleistift dazwischen.

Er war gerade an diesen drei Strophen angelangt, wo

*Die Köpfe beide wir auf die Kissen legten,*
*den Busen beide wir aneinander schmiegten*
*Ein Kornfeld fand ich, einem Rasen voll*
*Rosen gleich,*

*rot und weiß und zart und warm und weich.*
*Eine Perle, versiegelt in der Muschel.*
*Das Siegel brach ich über ihrem Juwel,*
als ein Geräusch von der Haustür kam. Sarmad
hatte es bestimmt gewußt. Genau das hatte er gelesen und deshalb so einen Aufruhr veranstaltet. Wer
war es? Egal, wer es war! Farkhondeh und die
Töchter hatten Schlüssel, und die anderen kannten
ja weder Schloß noch Riegel. Es waren seine Mah
und hinter ihr Zohreh, in schwarzen Mänteln und
mit Kopftüchern.

Mah sagte: »Bist du es, Papa? Wann bist du gekommen?«

Zohreh weinte. Er fragte: »Was ist denn passiert,
Liebstes?«

Er wollte sagen: es war doch nur eine Stunde,
mein Kind, da gibt's doch nichts zu weinen. Er tat
es nicht. Das Gute an diesen Mänteln und Kopftüchern war, daß man auch so zur Trauerfeier von
Amir Khan gehen konnte. Seine Zohreh deutete
auf seine Haare. Nahm ihre Tasche und holte den
kleinen Spiegel heraus. Wieviel Jahre und Jahrhun-
derte waren über ihn hinweggangen in diesem
schwarzen Hemd, daß sein Haar weiß geworden
war, Strähne für Strähne?

## Anmerkungen der Übersetzerin

1 *Hedjleh* bedeutet wörtlich »Brautzimmer«, in der Umgangssprache ein mannshohes, kronenähnliches Gerüst, das mit Lichtern, Spiegeln und Kerzen geschmückt ist. Es wird vor Häusern aufgestellt, in denen um den Tod eines jungen unverheirateten Mannes getrauert wird.

2 Amir Khan war offensichtlich Mitglied der Tudeh-Partei, und viele der Daten, die im folgenden erwähnt werden, markieren historische Etappen dieser Partei. Die Tudeh-Partei wurde im Oktober 1941 unter der Schirmherrschaft der Sowjetunion gegründet, die damals Teile Irans besetzt hielt. Gegen Ende des Weltkriegs plante Stalin, einige Regionen Irans abzuspalten. Er förderte die Demokratische Partei Azerbaidjans, die vorgeblich für die nationale Autonomie des türkischsprachigen Azerbaidjan kämpfte. Auf Druck der US-Regierung und im Gegenzug zu der Erteilung von Ölkonzessionen durch den damaligen iranischen Premierminister stoppten die Sowjets ihre subversive Unterstützung, so daß die iranische Regierung ihren Einfluß in diesem Gebiet wieder festigen konnte. Die Tudeh-Partei unterstützte die sowjetischen Aktivitäten während der Azerbaidjan-Episode. In der Nachkriegszeit entwickelte sie sich zu der mächtigsten iranischen Partei. Viele Intellektuelle sympathisierten mit ihr. 1948 wurde die Partei nach einem gescheiterten Attentatsversuch gegen den Schah verboten, blieb jedoch im Untergrund ak-

tiv. 1951 wurde Mosaddeq zum Premierminister gewählt und setzte die Nationalisierung der iranischen Ölindustrie fort, was zur ernsten Konfrontation mit England und den USA führte. Im August 1953 wurde die Regierung von Mosaddeq durch einen Staatsstreich gestürzt, der von den USA und dem britischen Geheimdienst ausging. Die Tudeh-Partei hielt still. Die anschließende politische Unterdrückung zerstörte nahezu die gesamte Parteiorganisation der Tudeh. Viele Führungsmitglieder flohen nach Osteuropa.

3 Ghezel Ghal'eh war ein berüchtigtes Gebäude im Zentrum Teherans, in dem von den vierziger bis in die sechziger Jahre die meisten politischen Gefangenen inhaftiert, verhört und gefoltert wurden.

4 Mit dem Aufkommen der revolutionären Bewegung 1978 kehrte die Führung der Tudeh-Partei nach Iran zurück und versuchte die alten, im Lande gebliebenen Kader zu reorganisieren. Manche gingen auf diese Aufforderung ein, viele jedoch entschieden sich, wie Amir Khan, sie zu ignorieren.

5 Behesht-e Zahra ist der Name des Zentralfriedhofs von Teheran. Viele Opfer der Revolution und Gefallene des Iran-Irak-Krieges sind dort bestattet.

6 Qasem und 'Ali Akbar Hossein sind zwei Hauptfiguren der schiitischen Trauergesänge. Sie symbolisieren das Martyrium junger unschuldiger Männer in den Händen der Ungläubigen in der Schlacht von Karbala, die der Inbegriff des schiitischen Märtyrerkults ist. Vgl. Anm. 21.

7 Vartan bezahlte seine Mitgliedschaft in der Tudeh-Partei mit dem Leben. Er wurde vielfach als eines der

Symbole vorbildlichen Widerstands jener Zeit be-
sungen.

8 Der Hinweis spielt auf die Jahre vor der Revolution
an, in der junge, hoffnungsvolle Radikale, die zum
Bergsteigen gingen, fern der Überwachung durch die
Geheimpolizei das Lied »Küß mich« sangen. Dieses
Lied, das selbst zu einem Mythos geworden ist, wird
einem Gefangenen zugeschrieben, der es in der
Nacht vor seiner Hinrichtung komponiert haben
soll. Es symbolisiert Widerstand und Optimismus
im Kampf gegen die Unterdrückung.

9 Tus ist eine Stadt in Nordost-Iran und Geburtsort von Ferdousi (932-1025/1026), dem größten
Ependichter der persischen Literatur. Nizami (1141-
1203) ist ebenfalls Epiker. Seine fünf großen Dichtungen sind in der Sammlung *Khamseh* (Das Quin-
tett) vereint. Die längste, fünftausend Strophen
umfassend, heißt *Die sieben Prinzessinnen*, und
wurde 1197 verfaßt. Ganjeh ist eine Stadt, die, zu
Zeiten Nizamis iranisch, heute als Kirovabad zur
Republik Azerbaidjan gehört.

10 Sämtliche Gedichte von Nizami sind von der Über-
setzerin übertragen worden.

11 Der Autor spielt hier auf die Tatsache an, daß die
meisten persischen Dichtungen, darunter auch *Die
sieben Prinzessinnen* von Nizami, mit einer Huldi-
gung Gottes, des Propheten und des Königs beginnen, um mit Inhalten fortzufahren, die teilweise im
Widerspruch zu diesen Lobpreisungen stehen.

12 Hafiz, einer der größten lyrischen Dichter Irans,
wurde 1325/1326 in Schiraz geboren und starb eben-
dort 1390/1391.

13 Die sieben Linien auf dem Kelch entsprechen den sieben Himmeln der mittelalterlichen Vorstellung.

14 Khaghani (1106-1185), berühmter iranischer Dichter, der zeitweise im Gefängnis saß. Seine Gedichte sind berüchtigt wegen ihrer Schwierigkeit.

15 Beshar-ibn Tabarestani (geb. 783), iranischer Dichter, widmete zahlreiche seiner Gedichte der prä-islamischen Größe Irans und der Diffamierung der Araber. Mehdi, der dritte Kalif der Abbasiden-Dynastie (748-1258), regierte von 775 bis 785. Bataeh war eine Stadt in der Nähe von Basra (Irak).

16 Ka'b Ibn-Ashraf war ein Mann jüdischer Herkunft und ein Gegner Mohammeds.

17 Der Sagenvogel Simurgh, der Weisheit und Klugheit verkörpert, haust auf dem Gipfel eines mythischen Gebirges.

18 Mas'ud Sa'ad Salman (1046/47-1121/1122), iranischer Dichter, berühmt für seine »Gefängnisgedichte«. Ney, Dehak und Lahore sind die Städte, in deren Verliesen Mas'ud Sa'ad eingekerkert war.

19 Während des Irak-Kriegs benannte die Islamische Regierung mehrere ihrer Offensiven mit dem Kodenamen Karbala. Karbala ist das zentrale Sinnbild des Märtyrertums in der Geschichte der Schiiten. Im Jahr 680 wurde Hossein, der dritte Imam, zusammen mit einigen seiner Angehörigen und Gefolgsleute in einem aussichtslosen Kampf gegen die Armee des Omayyadenkalifen Yazid getötet. Alljährlich betrauern schiitische Muslime seinen Tod mit Flagellationsritualen und Passionsspielen. Diese Rituale sind mit ein Grund dafür, daß das Schiitentum als »Klagereligion« bezeichnet wird.

20 Die Zeder spielt als Baum des Religionsgründers Za-
rathustra eine besondere Rolle in der Kultur Irans.
Es wird behauptet, das auf iranischen Teppichen,
Geweben und Kunstgegenständen vorherrschende
Paisley-Muster stelle eine Zeder dar, die beim An-
griff der muslimischen Araberhorden brach.

21 *Shahname-ye Mansur* und *Khodai Namak* sind
Bücher der prä-islamischen Kultur Irans mit Berichten der Taten persischer Könige und Heroen. Sie gelten als Primärquellen für spätere iranische Epen.

22 Sarmad (wörtlich: der Garten Eden) war den Anspielungen zufolge ein Mitglied der Organisation der
Iranischen Volksmujaheddin, die sich zu einer islamischen Version des Sozialismus bekennt. Vor der
Revolution waren die Volksmujaheddin eine kleine,
als Stadtguerilla aktive Organisation. Nach der Revolution erhielten sie großen Zulauf. Um 1984 begann ihr bewaffneter Kampf gegen die Islamische
Republik. Tausende ihrer Mitglieder sind seither
hingerichtet oder inhaftiert worden. Führungsspitze
und die meisten Kader leben heute im Exil.

23 Der Autor scheint sich auf Said Soltanpour zu bezie-
hen, einen berühmten Radikalaktivisten und Dichter, der sowohl zur Schah-Zeit als auch unter dem Islamischen Regime inhaftiert und 1981 hingerichtet
wurde.

24 Nima Juschidj (1895-1959) begründete die moderne
Tradition der persischen Lyrik, indem er das Gedicht
von den traditionellen Metren und Reimschemata
befreite.

25 Die Bezeichnung »Keller des Komitees« verweist auf
einen Gebäudeblock im Zentrum Teherans: das

Hauptquartier des Antiterror-Komitees unter dem Schah, das sich aus verschiedenen Sicherheits-, Polizei- und Spionageabteilungen zusammensetzte. Die Folterkammern befanden sich in den Kellergeschossen.

26 Bayazid (gest. 875), einer der wichtigsten Mystiker des Islams. Rabe'e (gest. 801), eine der wenigen hochangesehenen Frauen in der islamischen Mystik.

27 Quraizeh war der Name eines jüdischen Stammes zur Zeit Mohammeds. Er lebte in der Nähe von Medina, dem Machtzentrum des Propheten. Mohammed nahm selbst an dem Krieg der islamischen Gemeinde gegen diesen Stamm teil

28 *Die Herrschaft der Rechtsgelehrten* bzw. *Die islamische Regierung,* ein Buch, das Vorlesungen von Ajatollah Khomeini zum Thema der islamischen Herrschaft beinhaltet. Gilt als wichtigste theoretische Begründung des Machtanspruchs der Islamischen Republik.

29 Samarkand, Stadt des alten Iran, heute in Uzbekistan gelegen; Geburtsort von Rudaki, dem ersten großen Dichter persischer Sprache.

30 *Nahdj-ol Balaghe* ist eine Sammlung der Predigten und Briefe von Ali, dem Vetter und Schwiegersohn des Propheten Mohammed. Als erster der zwölf Imame wird er in der schiitischen Religion hoch verehrt. Er regierte von 656 bis 661 als Kalif und wurde durch einen politischen Gegner ermordet.

31 Gedicht von Rudaki (geb. 850 - 860, gest. 940).

32 Die Ghasele »besteht aus rund fünf bis fünfzehn Distichen mit dem Versmuster aa, ba, ca ... Sie ist die wahrhaftigste und anziehendste Ausdrucksform der

Lyrik, speziell der erotischen und mystischen, aber auch der meditativen und panegyrischen.« S. Jan Rypka, Iranische Literaturgeschichte bis zum Beginn des 20. Jahrhunderts, Leipzig 1959, S. 96.

33 Am Vorabend der Revolution wurden viele der vom Schah-Regime verbotenen Bücher als Raubdrucke mit weißen Einbänden herausgegeben. »Weißer Einband« gilt seither unter Eingeweihten als Qualitätsmerkmal.

34 Agha bedeutet auf persisch Herr. Hadj ist die umgangssprachliche Abkürzung von Hadji, einem Ehrentitel für alle, die nach Mekka gepilgert sind. Hadj Agha wird heutzutage in Iran zumeist für Angehörige der Klerikerkaste verwendet. Ein Umhang und ein Achatring am kleinen Finger sind wesentliche Bestandteile der offiziellen Garderobe dieser Kaste.

35 Qom, eine Stadt südlich von Teheran, war seit jeher traditionelles Zentrum schiitischer Unterweisung; heute die geistige Hauptstadt der Islamischen Republik.

36 *Schahnameh* (Buch der Könige) von Ferdousi ist eines der bedeutendsten Epen der persischen Literatur; gilt als die umfassendste Darstellung der iranischen Mythologie.

37 Diese Passage scheint auf einen anderen Abschnitt von Nizamis *Sieben Prinzessinnen* zu verweisen. Es handelt sich um die Geschichte des schönen Mahan, eines jugendlichen Müßiggängers, der auszieht, um weltliche Güter zu erlangen, und sich statt dessen eine Reihe von schrecklichen Abenteuern einhandelt. Bei einem Abenteuer wird er Zeuge des furchterregenden Treibens von lärmenden und breitlippigen

tanzenden Diws (Dämonen). Nach weiteren Abenteuern findet er nach Hause zurück, wo sich all seine Freunde in Trauergewänder gehüllt haben.

38 Alrahman (Der Barmherzige) bezeichnet eine der poetischsten Suren des Koran. Übersetzung: R.Paret, Der Koran (Stuttgart 1979), S. 377.

39 Aufgabe der »Auswahlkommission« ist es, alle Institutionen, in diesem speziellen Fall die Universität, von politischen Gegnern des Regimes zu säubern.

40 Nach schiitischem Glauben gilt eine Person, die nicht ihre täglichen Gebete verrichtet oder kein Muslim ist, als »unrein« und kann deshalb nicht von einem Muslim berührt werden. Bei körperlicher Berührung ist eine rituelle Reinigung notwendig.

41 Farrokhi (gest.1037/38), populärer iranischer Dichter, ebenso bekannt für seine Elogen wie für seine eloquenten Metaphern und Gleichnisse. Seine Wertschätzung der Schönheit ist sprichwörtlich.

42 Ansari, Naraqi und Kalini zählen zu den einflußreichsten Gelehrten der orthodoxen schiitischen Theologie. Indem er die Lehren seiner einstigen politischen Organisation eklektisch nennt und die Autorität dieser drei Kleriker anerkennt, wiederholt Sarmad eine der Hauptanklagen der Islamischen Republik gegen die Mujaheddin und ihre Interpretation des Islam.

43 Verse aus dem Gedicht *A celle dont ils rêvent* von Paul Éluard (1894-1952), vom Autor leicht abgeändert. Deutsche Nachdichtung: Stephan Hermlin, Trauer schönes Antlitz (Berlin 1974).

44 Nach schiitischer Vorstellung geht eine Jungfrau, die getötet wird, ins Paradies ein. Durch den Vollzug ei-

ner Zeitehe (Sigeh) wird die Gefangene daran gehindert.

Das Zitat auf der Umschlagrückseite wurde Nasrin Rahimiehs Vorwort zur amerikanischen, von Abbas Milani übersetzten Ausgabe des *Königs der Schwarzgewandeten* (*King of the Benighted*, Mage Publishers, Washington, D.C., 1990) entnommen.

# Die schwarze Saturnkuppel

*Die schwarze Saturnkuppel« ist Teil des Epos* Die sieben Prinzessinnen (Haft Peykar) *des persischen Poeten Nizami aus Gandjeh (1141-1203). Der Titel bezieht sich auf Porträts der Töchter von sieben Königen, die vom chinesischen Groß-Khan im Osten bis hin zum König des Westens oder »Land des Sonnenuntergangs« reichen.*

*Als Bahram, der sasanidische König (420-438), ihre Porträts erblickt, verliebt er sich in sie. Nachdem er den Thron seines verstorbenen Vaters Yazdegerd bestiegen hat, heiratet er alle sieben. Die sieben Prinzessinnen repräsentieren die großen Reiche der bewohnten Welt. Sie bewohnen jeweils einen eigenen Palast, der, von Schwarz bis Weiß, symbolisch eine der sieben Kardinalfarben trägt. Der König besucht sie an sieben aufeinanderfolgenden Tagen. Dies ist die Geschichte des ersten Tages.*

Am Samstag besuchte Bahram, von Kopf bis Fuß in Schwarz gekleidet, die schwarze Saturnkuppel, wo seine Braut, die Tochter des Maharadja von Indien, wohnte. Er bat sie, ihm eine Geschichte zu erzählen, und sie begann mit gesenktem Kopf:

Als ich ein Kind war, besuchte uns einmal im Monat eine fromme und barmherzige Frau. Sie trug stets Schwarz. Nach vielen hartnäckigen Befragungen gab sie schließlich nach und erzählte uns das Geheimnis ihrer ungewöhnlichen Gewandung.

Als ich jung war, erzählte die Frau, diente ich einem mächtigen König, in dessen Reich Wolf und Schaf friedlich beieinander lebten. Doch das Schicksal wollte es, daß er zum König der Schwarzgewandeten geworden war. Die Geschichte, die ich euch erzähle, handelt davon, wie es dazu kam, daß er für den Rest seines Lebens Schwarz trug.

Es war ein wohltätiger König mit einem unstillbaren Drang, die Geheimnisse und Wunder der Welt zu erfahren. Auf seinen Befehl hin wurde ein Haus eingerichtet, in dem alle Besucher seines Reichs gastfreundlich aufgenommen wurden. Dort befragte der König wißbegierig und klug einen jeden nach seiner Heimat, nach seinen Reisen, seinen Plänen und Abenteuern. So wie manche Edelsteine sammeln, hatte es sich der König zur Aufgabe gemacht, Geschichten über das Leben anderer Menschen zu sammeln. Je größer seine Sammlung wurde, desto begieriger wurde er, mehr zu erfahren.

Plötzlich jedoch verschwand der König. Wie Simurgh, der Sagenvogel, entwich er plötzlich aus unserer Mitte. Lange Zeit verging, bis der König eines Tages, völlig in Schwarz gehüllt, wieder erschien und seinen Thron bestieg.

Eines Abends, als ich ihn umsorgte, begann er

über die Wendung, die sein Schicksal genommen hatte, zu klagen. Ich befragte ihn nach seinem geheimen Kummer, und so lautete die Geschichte, die er erzählte:

Du kennst meine Gewohnheit, alle Besucher meines Reichs gastfreundlich zu bewirten. Einen jeden befrage ich nach seiner Stadt und ihren Sehenswürdigkeiten. Eines Tages traf ein schwarzgewandeter Wanderer ein. Ich befragte ihn nach seinem ungewöhnlichen Aufzug. Er bat mich, nicht in ihn zu dringen, und erinnerte mich daran, daß niemand das Geheimnis des Simurgh je habe lüften können. Je mehr ich ihn bedrängte, desto beharrlicher verschloß er sich in seinem Schweigen. »Nur die Schwarzgewandeten können das Wesen dieses Schwarz begreifen«, sagte er. Dennoch beharrte ich auf meiner Frage, so daß er schließlich sagte: »In China gibt es eine wunderschöne Stadt, genannt die Stadt der Schwarzgewandeten. Dort trägt jeder Trauer.« Der Wanderer weigerte sich, ein weiteres Wort zu sagen, und war bald darauf verschwunden.

Fasziniert von dieser Geschichte, beschloß ich, das Rätsel dieser Stadt zu lösen, doch niemand schien etwas über den Ort zu wissen. Schließlich verzichtete ich vorübergehend auf meinen Thron, nahm ein paar Juwelen mit und machte mich auf den Weg, um diese geheimnisvolle Stadt zu finden.

Wahrhaftig, sie war wunderschön. All ihre Bewohner waren in Schwarz gekleidet, mit Gesichtern hell wie der Mond. Ein ganzes Jahr durchstreifte ich die Stadt auf der Suche nach des Rätsels Lösung. Jeder schien die Antwort zu kennen, doch niemand sprach darüber. Schließlich freundete ich mich mit einem hochherzigen Metzger an. Ich überhäufte ihn mit Geschenken. Eines Tages, als ich mich schließlich seiner Freundschaft vergewissert hatte, erzählte ich ihm, wie es dazu gekommen war, daß ich meinen Thron verlassen hatte, um zu erfahren, warum diese Menschen so bekümmert und stets schwarz gekleidet seien.

»Du hast mir eine unziemliche Frage gestellt«, sagte er, »doch werde ich sie dir beantworten, so gut ich kann.«

Nachts brachte er mich zu einer Ruine außerhalb der Stadt. Dort fanden wir einen Korb, der an einem Seil befestigt war.

»Setz dich in den Korb«, sagte er, »dann wirst du wissen, warum wir so bekümmert und stets in Schwarz gehüllt sind.«

Kaum saß ich in dem Korb, als sich auf zauberische Weise ein Seil um meinen Hals schlang – wie um den Körper eines Gefangenen –, und der Korb erhob sich in die Lüfte.

Wenig später kam ein Turm in Sicht, der bis zum Mond reichte, und der Korb landete. Vor Angst und Enttäuschung schloß ich die Augen. Es dauerte nicht lange, bis sich ein Vogel von der Größe eines Bergs neben mir niederließ. Wenig später war er eingeschlafen. Ich bereute mein Vertrauen in den Metzger und beschloß, mich an den Vogel zu klammern und von ihm tragen zu lassen, wohin es ihm beliebte.

Kaum war der Vogel erwacht, als wir davonflogen zu einer langen Reise, bis er sich schließlich bei einer prachtvollen Wiese niederließ. Blumen in allen Farben, Hyazinthen, Nelken, Jasmin und Rosen schmückten die Ebene, und Zedern säumten die Flüsse, die sich sanft durch das Weideland schlängelten.

Überglücklich beim Anblick solch paradiesischer Zustände, wanderte ich durch die Wildnis, legte mich gelegentlich zum Schlafen nieder und versank in Träumereien.

Ein sanfter Wind kam auf und umschmeichelte mich, eine Frühlingswolke zog heran, aus der ein erfrischender, perlengleicher Regen auf Blätter und Halme fiel. Es hatte kaum aufgehört zu regnen, als mir etwas Neues den Atem verschlug. Aus der Ferne sah ich ein gleißendes Licht rasch auf mich zukommen. Eine lange Prozession bewegte sich auf mich zu, und bald konnte ich die sich Nähernden erkennen. Es waren Mädchen, ein jedes von solch betörender Schönheit, daß ich mich und die Welt ringsum vergaß. Wie bezaubernde Blüten, in Seidengewänder mit goldbetreßten Ärmeln gehüllt, schwebten sie heran. Hinter dem Schleier brennender Kerzen, die sie in ihren hennagefärbten Fingern hielten, lächelten ihre Lippen verheißungsvoll. Und schließlich erschien die Königin, oder sollte ich sagen: die Mitternachtssonne, und bestieg den Thron.

Ein paar Minuten verstrichen, ehe sie sagte: »Es scheint mir, als sei jemand, ein Erdgeborener vielleicht, in der Nähe.« Dann befahl sie einer der Feen, wen immer sie finde, herbeizubringen. Die Fee kam auf mich zu und lud mich freundlich ein, vor die Königin zu treten.

In der Nähe des Throns angelangt, küßte ich den Boden. Die Königin jedoch lud mich ein, den Thron zu besteigen und an ihrer Seite Platz zu nehmen. Ich lehnte mit den Worten ab, daß solch ein vornehmer Platz nicht mir, sondern Salomo gebühre. Doch sie behandelte mich wie einen Ehrengast und winkte mich an ihre Seite.

Eine Zofe nahm sanft meine Hand und führte mich näher an den Thron der Königin heran. Ich war sofort bezaubert von ihrer Schönheit. Getränke und Leckereien aller Art wurden aufgetragen. Dem Festmahl folgten Musikantinnen, während die Mundschenkin erneut umherging und allen den Kelch bis zum Rand füllte.

Vom Wein und von liebevollen, verführerischen Gesten ermutigt, wagte ich es, der Königin manchen Kuß zu rauben. Schließlich fragte ich sie nach ihrem Namen.

»Mein Vater nannte mich die ›Schöne Türkenräuberin‹«, sagte sie. Überrascht von diesem Zufall, erwiderte ich ihr, daß ich ebenfalls, wenn auch aus anderem Grund, ›Türkenräuber‹ genannt würde, und lud sie ein, unser Liebesmahl mit einem Liebesspiel zu besiegeln. Ihre leuchtenden Augen ermutigten mich, darauf zu beharren. Doch als ich sie leidenschaftlicher umarmte, sagte sie: »Begnüge dich mit Küssen heute nacht, und wähle eines der Mädchen, um deine Glut zu löschen.« In meiner Verwirrung winkte die Königin eine der Feen heran, die mich zu einem Gemach führte. Ich bettete mein Haupt auf die Kissen, zog die Schöne eng an meine Brust und pflückte die Rose aus ihrem Lustgarten.

Beim Morgengrauen bereitete sie mir ein herrlich duftendes Bad, doch als ich mich zum Ankleiden erhob, war sie entschwunden. Ich wanderte durch den Garten und verträumte den Tag, gebettet auf Rosenblätter und duftende Blüten.

Als ich erwachte, hatte der dunkle Schleier der Nacht bereits den Himmel überzogen, und als ich mich aufsetzte, erschienen erneut die Feen und wiederholten den Festtrubel der vergangenen Nacht.

Alsbald bestieg die Feenkönigin, frisch wie der erste Frühlingstag, erneut ihren Thron und lud mich wieder an ihre Seite. Das Festgelage der vergangenen Nacht, es wiederholte sich mit lauter herrlichen Weinen, seltenen Köstlichkeiten, einer freigiebigen Mundschenkin und hinreißenden Tänzerinnen, und die Königin benahm sich noch zärtlicher als in der ersten Nacht. Die Mädchen überließen uns unseren Umarmungen, und wieder verführten mich ihre Leidenschaft und die weinselige Wärme, zärtlich mit ihren hübschen Locken zu spielen. Als ich sie jedoch vollends einnehmen wollte, bat sie mich wieder um Geduld und warnte mich vor Hinterlist.

»Ich dürstend, und du erfrischend wie ein Quell, warum solch eine Verweigerung?« fragte ich. »Mit Küssen begnüge dich heute nacht«, erwiderte sie, und wieder verbrachte ich die geheimste Stunde der Nacht mit einer Stellvertreterin statt mit ihr.

Neunundzwanzig Tage und Nächte setzte sich dieses Spiel fort. Ich verabscheute die langen Tage und sehnte ungeduldig die Nächte herbei.

In der dreißigsten Nacht kehrten die Königin und ihr Gefolge wieder und erhellten die ebenholzschwarze Ebene. Erneut winkte sie mich an ihre Seite, und das fröhliche Gelage begann von neuem. Bald durchbrach die Leidenschaft die Fesseln, mit der ich sie zu bändigen versucht hatte, und ich tastete willenlos vor Verlangen nach dem geheimsten ihrer Schätze. Mitfühlend und gelassen nahm die Königin meine Hände fort, küßte sie und flehte mich erneut an, Geduld zu haben. Tröstend erinnerte sie mich daran, daß ich nur durch Geduld die Früchte, die mir bereits gehörten, würde kosten können.

Verheert von Verlangen, erklärte ich meiner sonnengleichen Schönen voller Qual, ich könne meine Leidenschaft nicht länger durch Geduld zügeln.

Die Königin erwiderte: »Der Schatz, nach dem du so sehnsüchtig trachtest, gehört bereits dir; du begehrst ihn zu früh. Warte ab, und zu gegebener Zeit wird er dir gehören.«

»Du erwartest das Unmögliche«, sagte ich, »dem Schatz so nah zu sein und sich seines Besitzes zu enthalten, übersteigt meine Kräfte.«

Sie appellierte an meine Vernunft. Diesmal bat sie, mich nur bis morgen zu gedulden, und fügte hinzu: »Eine Nacht ist kein Jahr.« Und erneut schlug sie mir vor, mich in Gesellschaft einer ihrer mondgleichen Schönheiten zu besänftigen.

Doch diesmal waren ihre Appelle an meine Vernunft vergebens. Im Gegenteil, sie ließen das Feuer meiner Leidenschaft um so stärker auflodern. Ihre Einwände nicht achtend, beharrte ich auf meinen Bemühungen, ihren rubingleichen Schatz zu öffnen.

Als die Königin erkannte, daß ich nicht länger zurückzuhalten war, sagte sie schließlich: »Schließ deine Augen für einen Augenblick, dann kannst du vom Besten meines Schatzes kosten.«

Verlockt von ihrem Angebot und begierig auf ewige Wonnen, gehorchte ich und schloß die Augen. Eine Minute verging. »Öffne nun die Augen«, sagte sie.

Ich öffnete sie, doch nur, um zu erkennen, daß ich allein war, in beängstigender Finsternis in einem sinkenden Korb sitzend.

Mein Freund, der schwarzgewandete Metzger,

wartete am Fuß des Turms. Er umarmte mich und sagte: »Nun weißt du, warum wir in Schwarz gehüllt sind. Worte hätten niemals den Grund unserer Qual ausdrücken können.«

Ich konnte ihm nur beipflichten und bat ihn noch, mir ein paar schwarze Gewänder zu besorgen. Ich trage sie zum Zeichen der Trauer um das verlorene Ideal, ein Ideal, das bei der Suche nach einer unreifen Hoffnung verlorengegangen ist.

So endete die Geschichte des Königs. Ich, seine geringe Dienerin, trage aus Mitgefühl ebenfalls Schwarz, da unter den sieben Farben der sieben Himmel keine so mächtig ist wie diese.

*Nacherzählt von Abbas Milani*

# Inhalt

# Deutschsprachige Literatur
## in der edition suhrkamp:
### Prosa

300/108/12.96

# Deutschsprachige Literatur
## in der edition suhrkamp:
### Prosa

300/109/12.96

# Deutschsprachige Literatur
## in der edition suhrkamp:
### Prosa

300/110/12.96

## Deutschsprachige Literatur
## in der edition suhrkamp:
## Prosa

300/111/12.96

Wenn Sie w
der Iran zu eine
geworden ist,
folgen, wo
Wie der Kör
werden vielleicht auch Sie
zu einem Schwarzgewandeten.
Aber wie der Dichter des *Königs der
Schwarzgewandeten* mögen Sie,
gewandet ins verordnete Nachtschwarz
des Landes, dem Schlimmsten entgehen
und weißhaarig wiederauftauchen.
Am Ende werden Sie umnachtet und
verwirrt zugleich sein.

ISBN 3-518-12066-2   DM 14,80

9 783518 120668